MARION MESSINA

DIE ENTBLÖSSTEN

Roman

Aus dem Französischen
von Claudia Kalscheuer

Hanser

Die französische Originalausgabe erschien 2023
unter dem Titel *La peau sur la table* bei Fayard in Paris.

Dieses Buch erscheint im Rahmen des Förderprogramms
des französischen Außenministeriums, vertreten durch die
Kulturabteilung der französischen Botschaft in Berlin.

1. Auflage 2024

ISBN 978-3-446-28014-4
© Marion Messina 2023
First published by Éditions Arthème Fayard
All rights reserved
Alle Rechte der deutschen Ausgabe
© 2024 Carl Hanser Verlag GmbH & Co. KG, München
Wir behalten uns auch eine Nutzung des Werks für Zwecke
des Text und Data Mining nach § 44 b UrhG ausdrücklich vor.
Umschlag: Designbüro Lübbeke Naumann Thoben, Köln
Motive: © plainpicture/Céline Nieszawer;
© plainpicture/Mona Alikhah
Satz: Satz für Satz, Wangen im Allgäu
Druck und Bindung: GGP Media GmbH, Pößneck
Printed in Germany

MIX
Papier | Fördert
gute Waldnutzung
FSC® C014496

Das Unglück ist aus sich selbst unartikuliert. Die Unglücklichen flehen schweigend darum, dass man ihnen Worte leiht, um sich auszudrücken. Es gibt Zeiten, wo sie nicht erhört werden. Es gibt andere, wo man ihnen Worte leiht, die aber schlecht gewählt sind; denn sie stehen dem Unglück, das sie deuten, fremd gegenüber.

Simone Weil, *Die Person und das Heilige* (1943)

Auch kann man zum Beispiel keineswegs den Zusammenbruch jeglicher Ordnung, den wir heute erleben, mit jenen Ereignissen vergleichen, in deren Verlauf die Welt nach dem Sturze Roms so verheert wurde. Wir sind heute nicht Zeugen des natürlichen Endes einer großen Kultur in der Geschichte der Menschheit, sondern Zeugen der Geburt einer unmenschlichen Zivilisation, die sich nach einer ungeheuren, maßlosen und die ganze Welt umfassenden Auslaugung der höchsten Werte des Lebens ausbreiten wird.

Georges Bernanos, *Wider die Roboter* (1947)

Diese »Konsumzivilisation« ist eine diktatorische Zivilisation. Wenn das Wort Faschismus am Ende die Arroganz der Macht bedeutet, dann hat die »Konsumzivilisation« den Faschismus gut verwirklicht.

Pier Paolo Pasolini, *Scritti corsari* (1975)

Las cosas son iguales a las cosas
Aquello que non puede ser dicho, hay que callarlo.

Zum Andenken an Jérôme Laronze.

Von Weitem meint man ein Kind zu sehen. Seine Röhrenhose schlackert um wadendünne Oberschenkel. Über der Achillessehne glüht rot ein verklemmter Reißverschluss auf. Die Beine zittern in einem harten, schnellen Rhythmus. Er hat sich den Schädel kahlgeschoren. Durch das Stoppelfeld seiner Haare zieht sich ein großflächiger Hautausschlag; seine Arme sind frisch tätowiert: die Verse des Vaterunsers, wie ein Spickzettel. Bis jetzt war er sich nicht sicher gewesen – vielleicht war es nichts als ein Gedicht.

Jetzt erst erlangt jedes Wort einen Sinn, der das äußerste Ende seiner Existenz markiert. Seine Hände zittern nicht. Der Unterkiefer auch nicht. Sein Blick richtet sich fest auf eine Themis-Statue, deren Namen er nicht kennt.

Vater unser im Himmel – seine Kehle bricht;

Geheiligt werde dein Name – er macht eine Pause, knirscht mit den Zähnen und rollt die Augen; *Dein Reich komme – es komme schnell, ich flehe dich an;*

Dein Wille geschehe, wie im Himmel so auf Erden;

Unser tägliches Brot gib uns heute;

Und vergib uns unsere Schuld; er hält die Augenlider gesenkt, beugt den Oberkörper nach rechts, greift nach einem Kanister und gießt sich den Inhalt über den Kopf. Dies ist seine Taufe;

Wie auch wir vergeben unseren Schuldigern – verzeih mir, Herr, denn ich verzeihe nicht.

Und führe uns nicht in Versuchung.

Und an dieser Stelle holt er sein Zippo-Feuerzeug hervor. Das von seinem Vater. Sie haben die gleichen Initialen.
Sondern erlöse mich von dem Bösen.
Der Geruch breitet sich aus, begleitet von einem unerträglichen Knistern. Man hört Schreie, jugendliche Wehklagen. Aus Lautsprechern dringt die Wartemusik der Feuerwehrzentrale. Dutzende Handys sind auf die lebende Fackel gerichtet – der Brand wird live übertragen.
Amen.

1

Am selben Tag, in einem Moment ohne Uhrzeit, meint Sabrina Toms Schreie erneut zu hören. Sie versucht sich zu strecken, aber ihr stocksteifer Körper droht zu zerspringen. Ihre eingerosteten Knie tragen sie bis ins Badezimmer. An den mit bläulichen Schimmelspuren überzogenen Wänden werfen sich geschwulstartige Feuchtigkeitsblasen auf. Die mit billiger Kosmetik und verwaschenen Handtüchern beladene Regale drohen jeden Moment von der bröckelnden Gipswand abzufallen. Sie wirft der Literflasche mit dem Ei-Shampoo ohne Ei, das sie seit zwei Monaten immer weiter verdünnt, einen bösen Blick zu. Als Kind wurde ihr von diesem Shampoo mit seiner rotzartigen Konsistenz und seinem Lösungsmittelgeruch schlecht. »Ei-Shampoo« steht in hässlichen Buchstaben auf dem Etikett, wie von einem Kind geschrieben, das mit der Schönschrift auf Kriegsfuß steht. Der Anblick dieser Flasche treibt ihr die Galle hoch. *Ich habe alles getan, was man mir gesagt hat. Alles richtig gemacht.*

Im Badezimmer kommt ihr Körper ihr vor wie ein Wrack. Sie ist hübsch – oder vielleicht sollte man eher von Charme sprechen: eine dichte Haarmähne mit kleinen Löckchen um das Gesicht und großen Locken dahinter, eine Hakennase, die ihrem abgezehrten Gesicht Charakter verleiht, feine Züge, ein Mund mit einer etwas zu vollen Unterlippe, wohlgeformte kleine Zähne, abgesehen von dem schief stehenden Eckzahn rechts, dichte, klar gezeichnete Augenbrauen (leicht dachförmig und zu den Schläfen hin auslaufend), zarte Gelenke, für ihre Morphologie etwas zu kräftige Oberschenkel. Die natürliche Schönheit hat etwas Faules, etwas Anstößiges – das hat sie jedes Mal gespürt, wenn ein Mann ihr ein ganz gewöhnliches, gerade mal süßes (und auch das nicht immer), aber herausgeputztes Mädchen gezeigt und als hübsch bezeichnet hat.

Das orangegelbe Badlicht lässt ihre Pickelchen und den leichten Flaum an ihrem Unterkiefer hervortreten. Sie fühlt sich haarig, ungepflegt; ihr einziges weißes Haar scheint ihren gesamten Schopf zu verfärben; sie hat sich bei einem billigen Frisör blonde Strähnen machen lassen; die leichte Furche zwischen ihren Augenbrauen scheint ihr bis auf den Knochen zu reichen. Ihre Kleider verlieren bei der ersten Wäsche Form und Farbe. Sie sind schlecht geschnitten, schlecht genäht – sie schmeicheln ihr nie. Ihre wenigen guten Stücke hat sie über einen Secondhand-Online-Shop verkauft und sich dabei geschworen, sie zurückzukaufen. Sie könnte nicht sagen wie, aber sie weiß, man sieht ihr von Weitem an, dass sie kein Händchen dafür hat, sich zurechtzumachen, dass sie es nicht wert ist, umworben zu werden. Sie sendet nicht die richtigen Signale aus, damit die Männer ihr Rad schlagen. Dieses freie Wochenende kommt zur falschen Zeit. Sie hätte sich liebend gern um die Kleine gekümmert, ihr bei den Hausaufgaben geholfen und Crêpes gebacken. Auch wenn sie schon seit einer Weile nicht mehr lacht, wenn ihre Mutter sie unter Trommelwirbelgeräuschen in der Luft wendet.

Lina ist Sabrinas ganzes Leben. Eine knochige Kleine, deren Übertritt in die sechste Klasse ihre Mutter in abgrundtiefe Melancholie gestürzt hat. Ein sehr junges Mädchen mit dem Auftreten einer Dame und der Naivität eines Kükens. Es wird nicht mehr lange dauern und sie wird Sabrina um eine Handtasche bitten, um ihre Schulsachen darin zu verstauen. Die

Interessen ihrer Tochter haben sich in eine Sphäre verlagert, die ihr verschlossen bleibt: ein Handy, das von seiner jungen Besitzerin mit mehr Zartgefühl behandelt wird, als sie es je für ihre Babypuppen aufgebracht hat. Das kleine Gerät ist zu ihrem Tresor geworden, eine Erweiterung ihres Geistes, und hat das Ende der Eintracht zwischen ihnen eingeläutet. Es war ein Geschenk ihres Vaters, damit seine Prinzessin und er sich gegenseitig Herzchen schicken und Gute Nacht sagen können. Noch vor Kurzem konnte das Kind nicht ohne ein Kosewort der Mutter einschlafen.

Ihr Exmann sagt es ihr nicht ins Gesicht, aber er denkt, dass sie Lina schlecht erzieht, dass die Kleine, die ihre Hausaufgaben kniend am Sofatisch erledigt, nicht über die nötigen Voraussetzungen verfügt, um in der Schule Erfolg zu haben. Für ihn ist Erziehung ein technisches Problem, dem man mit dem richtigen Material, mit der entsprechenden Gebrauchsanweisung beikommen kann. Damit ein Kind glücklich ist, muss man mit ihm in den Park gehen, aus seinem Geburtstag eine Riesenfeier im kalifornischen Stil machen, die wochenlange Organisation erfordert, Knabbereien zwischen den Mahlzeiten einschränken, Fernsehen verbieten, Bastelaktivitäten veranstalten, Bücher kaufen – das Verfahren ist aufwendig, aber einfach, und ein Vater kann sich darin als besser erweisen als eine Mutter. Dem Kind gegenüber gibt es keine Unterschiede zwischen einem Mann und einer Frau. An den Wochenenden sorgt er dafür, dass er nicht erreichbar ist; er hat Angst, die Kleine zu traumatisieren, wenn er ihr nicht seine gesamte Aufmerksamkeit widmet.

Lina fotografiert sich gern im Licht einer Glühbirne. Ihr Ziel ist ein engelhafter Teint (sie kennt das englische Wort dafür, *flawless*), sanfte Rehaugen, perfekte Lippen, neckischer, vielversprechender Schmollmund – worin das Versprechen besteht, darüber wagt Sabrina nicht nachzudenken. Sie weiß nicht, wie sie ihre Tochter dazu bringen soll, ihren Stil zu ändern. Sie leidet darunter, wie ihr Kind sich von *nail-art-* und *playback-*Videos faszinieren, ja betören lässt, von all dieser Leere, die dem Leben Stunden raubt, ohne dass irgendetwas dabei herauskommt. Im Gesicht sehen sie sich ähnlich. Ihre Lockenschöpfe unterscheiden sich nur um einen halben Farbton. Sie haben die gleichen halbmondförmigen Augen, schwarz und haselnussbraun. Seit einiger Zeit führt die Kleine ein eigenständiges Leben, immer mehr ihrem Vater zugewandt, als wolle sie sie verleugnen. Sabrina wirft einen Blick auf ihr Handy: nichts Neues, nur eine Benachrichtigung von France Travail, ein Jobangebot für zwei Tage in einem Amazon-Lager, zweiunddreißig Kilometer von Paris entfernt (Schwerbehinderte bevorzugt).

Als Nicolas gegangen ist, hat sie mit einiger Mühe eine Wohnung an der Place des Fêtes ergattert, zwei schlecht isolierte Zimmer, in denen sie ausharrt, bis sie eine Sozialwohnung zugewiesen bekommt. Die Wartezeit für einen Antrag wie den ihren beträgt in Paris im Schnitt acht Jahre; es gibt keine für die Lehrerschaft reservierten Wohnungen mehr. Lina bewohnt das kleine Schlafzimmer, in dem Kleider, Haarschmuck, Diademe und Plastikzauberstäbe, Schulbücher und Hefte in bunten Regalen untergebracht sind. An der mit phosphoreszierenden Sternen beklebten Decke hängt ein Phönix aus Papier. Er thront über einem Himmelbett mit pinker Bettwäsche und schönen Stofftieren, die Lina nicht mehr anschaut.

Sobald das Kind schläft, kaut Sabrina an ihren Fingernägeln und tippt auf ihrem Taschenrechner herum, um bis auf den letzten Cent kalkulierte Überlebensbudgets zu erstellen.

Die schwierigen Monatsenden beginnen immer früher; Fleisch kauft sie nur noch für die Kleine. Halal, weil es billiger ist – die Metzger kennen sie und bieten ihr manchmal Reststücke zum Sonderpreis an. Sie muss sich zwischen Waschmittel und Milch entscheiden. Sabrina fühlt sich schmerzlich an ihre Kindheit erinnert: das Einkaufen in trostlosen Lagerhallen, das Knistern der Neonröhren, die Großpackungen, die Kartons, die man selbst öffnen musste, die noch auf der Palette gestapelten Waren, ihre eigene Mutter, die an der Kasse manche Artikel wieder aussortierte, ihr bleiches Gesicht, wenn der Gesamtpreis angesagt wurde, ihre vor Scham bebende Stimme. *Es tut mir leid, ich habe mich verrechnet, können Sie die Butter herausnehmen? Entschuldigen Sie bitte, tut mir leid.*

Ein Buch fällt ihr aus den Händen, als ihr Hirn wieder anläuft und hohlzudrehen beginnt. Wieder der Bengel – und sie verspürt leise Scham, als sie *dieser Rotzbengel* denkt. Sabrina beschließt, aus dem Haus zu gehen, kommt aber nicht weiter als bis zum kleinen Supermarkt um die Ecke. Der einzige Angestellte hockt mit Kopfhörern auf den Ohren vor den Regalen, die er auffüllen muss; er sieht sie nicht. Sie bezahlt ihre Einkäufe an der SB-Kasse; eine künstliche Stimme wünscht ihr im Namen der Ladenkette einen schönen Tag. In den Armen trägt sie eine Dose Ravioli mit Rindfleischfüllung, eine Tube Tomatenmark, eine biologisch abbaubare Pappschale, die vom Saft zweier Fischfilets im Sonderangebot durchgeweicht ist, und eine Bierdose mit einem gefakten deutschen Klosternamen; sie hat vergessen, eine Einkaufstasche mitzunehmen, und sich geweigert, sechzig Cent für eine Papiertüte zu bezahlen.

Sie beschließt, nach Hause zu gehen, um ihre Einkäufe abzustellen und ein Bier zu trinken; dann wird sie wieder hinausgehen, um sich weiter die Beine zu vertreten. Auf dem kurzen Rückweg kommt sie an drei Bildschirmen vorbei. Auf einem davon läuft eine Werbung, die eine freche Göre mit Zöpfen zeigt, die ihrem Vater, Typ Buchhalter mit Bauch und Glatze im kurzärmeligen Hemd, eine Kaugummiblase vor der Nase zerplatzen lässt. *Keiner nimmt dich ernst? Probier's mit Swix. Swix, die Marke, die dich respektiert.*

Zurück zu Hause wirft sie einen Blick auf den dünnen Roman, der auf dem Boden gelandet ist. Es gab eine Zeit, in der sie abends dies und das las; nichts Großartiges, aber ehrenwerte Lektüren: Simenon, Christie, einmal im Jahr Giono. Am Anfang ihrer Karriere hatte sie in den höheren Klassen »Die Katze« von Baudelaire auswendig lernen lassen und sich beglückt wieder in *Die Blumen des Bösen* vertieft; in der Grundschule hatte sie den größten Kindern lange Marcel Aymés *Kater Titus erzählt* zu lesen gegeben. Das ist alles vorbei: Mit der Zeit war es immer schwieriger und schließlich unmöglich geworden, ihre Aufmerksamkeit länger als fünf Minuten aufrechtzuerhalten.

Sie sind unfähig, an irgendetwas dranzubleiben; sie fühlen sich gedemütigt, wenn sie etwas nicht gleich verstehen. Ihre Eltern reagieren beleidigt, wenn sie eine schlechte Note bekommen; bei der leisesten Kritik an ihrem Kind bekommen sie Zustände wie reizbare Diven. Wenn es darum geht, etwas Neues zu entdecken, fragen die Schüler, was ihnen das *nützen* wird. Sie kennen den Preis aller Dinge. Sie sind zu Gewalt bereit, auf Konkurrenz gedrillt, durch die Sprache des Internets formatiert. Mehr als alles andere fürchten sie Rassismus, aber sie haben das Gesetz des Dschungels verinnerlicht – sie träumen davon, durch Sport, Kino, Reality-TV, institutionelle Kunst oder Start-ups Millionär zu werden.

Die Eltern, höhere Angestellte, die es in die Stadtviertel am Rand des Autobahnrings verschlagen hat, werfen ihr vor, dass sie nicht genug alternative Pädagogik einsetzt. Dauernd führen sie Montessori im Mund, von der sie nur die Sandpapierbuchstaben und die Bildkarten kennen. Sie sind zwar glücklich, ihre Sprösslinge abzugeben, diese schon im Mutterleib von ehrgeizigen, verbiesterten Eltern überstimulierten Kinder, lassen es sich aber nicht nehmen, die Schule mit einem Gefängnis zu vergleichen, während sie ihren Bälgern den Terminkalender bis zum Anschlag vollstopfen. Diese Halbgebildeten mit ihren subalternen Jobs in Werbe- oder PR-Firmen halten mit ihrer Verachtung für Sabrina, die genauso lange studiert hat wie sie, nicht hinterm Berg; sie betrachten sie als Kinderfrau, die der Staat ihnen zur Verfügung stellt, und verhalten sich ihr gegenüber wie unzufriedene Kunden.

Da sind Sabrina die traditionellen Eltern mit Migrationshintergrund lieber; die respektieren sie und sehen sie als die große Intellektuelle, der sie in ihrem Alltag begegnen. Aber diese Eltern werden immer seltener; sie assimilieren sich unweigerlich und betrachten die Schule am Ende ebenfalls als eine Bahnhofshalle, in der sie ihre Kinder abliefern. Egal, wenn diese lese- und schreibunkundig wieder herauskommen, unfähig zu erzählen, womit sie ihre Tage zubringen; egal, dass ihre Lehrer eine schwierige Prüfung ablegen mussten, um eingebildeten Rotznasen den Unterschied zwischen Infinitiv und Partizip Perfekt beizubringen. Die paar Schüler mit einer nicht stimulierten, sondern natürlichen Intelligenz müssen von der ersten bis zur neunten Klasse die gleichen Übungen wiederholen – nur das Blabla drum herum wird ausgebaut, um den Schwindel zu bemänteln. Die Lehrer sollen bitte Wunder bewirken; schließlich haben sie den ganzen Sommer

Ferien. Während die Honorarkräfte am Strand Krapfen verkaufen oder als Tellerwäscher in den Muscheln-mit-Pommes-Kaschemmen an der Küste arbeiten, um über die Runden zu kommen.

Auch wenn sie die nötigen Mittel hätte, um mit ihrer Klasse Ausflüge zu machen, könnte sie es nicht mehr tun. Die Versicherungen sind zu teuer, die Eltern die nötigen Genehmigungen unterschreiben zu lassen ist zu mühsam – die einen suchen das Haar in der Suppe wie Juristen, nur um sie in Verlegenheit zu bringen, die anderen können der verwaltungstechnischen Sprachakrobatik nicht folgen. Einmal musste sie an einem Sonntag in der Schule vorbeigehen, um das Ladegerät ihres Handys zu holen. Sie nahm Lina mit, weil sie anschließend mit ihr in den Parc des Buttes-Chaumont wollte. Die Kleine rutschte aus und verstauchte sich den Knöchel – und Sabrina musste sofort daran denken, dass sie sich regelwidrig verhielt: Ihre Tochter war für Unfälle im Schulgebäude nicht versichert. Im Nachhinein war sie erschrocken: Ihre erste Reaktion war nicht die einer Mutter gewesen, sondern die einer Kinderverwalterin.

Am Montag wieder arbeiten zu gehen ist unmöglich. Um Arbeitsunfähigkeitsbescheinigungen muss man feilschen wie um die Freilassung von Geiseln. Sie muss kündigen. Sie will nicht mehr mit einer feigen Schulverwaltung verhandeln, die ihr mit Fehlern gespickte E-Mails schickt. Sie ist nicht mehr in der Lage, unausstehliche Eltern zu ertragen, die überzeugt sind, einen Einstein auf die Welt gesetzt zu haben; die Gesellschaft von Eltern auszuhalten, die nett sind, aber kein Wort Französisch verstehen; ihr Berufsvokabular auf den neuesten Stand zu bringen wie eine Handelsvertreterin; Kinder aufzunehmen, die anderswo besser aufgehoben wären; von allen

Seiten Vorwürfe abzubekommen; für privilegiert gehalten zu werden; mehr schlecht als recht von allem ein bisschen zu machen, nur nicht ihre eigentliche Arbeit.

Tom. Der Junge geht ihr nicht aus dem Kopf. Hat er Schmerzen? Werden seine Eltern Anzeige erstatten?

Seit zwei Jahren erstattet man online Anzeige oder über eine App – und es hat nie irgendwelche Folgen. Die Polizisten sind mit Ausweiskontrollen auf der Straße beschäftigt, genauso wie die Soldaten, die man in Sicherheitsbeamte verwandelt hat, die Hand träge auf einem verdreckten Maschinengewehr ruhend. Die Attentate von 2024 am Châtelet haben die Polizeireviere und Kasernen geleert. Die Drogendealer verstecken sich nicht mehr; trotz aller offiziellen Reden gegen sexistische Gewalt explodiert die Zahl der Vergewaltigungen. Niemand empört sich darüber, mehrmals am Tag seine Papiere vorzeigen zu müssen, oder seinen Impfpass, ohne den man kein Verwaltungsgebäude mehr betreten darf. Ein Dokument in Form eines QR-Codes, das Personalausweis, Reisepass, Radführerschein, Autoführerschein, Impfpass, gegebenenfalls Jagdschein, Waffenschein, Angelschein, Bootsschein in sich vereinigt, ist in der Testphase – die Eilfertigsten können ihre Bank bitten, auch ihr Girokonto damit zu verbinden.

Sabrina geht wieder hinaus. Sie denkt, es wäre gut, am nächsten Tag nach Meaux zu fahren. Sie wird ihrer Mutter Blumen kaufen. Auf der Straße brodelt es. Ein wütendes Grollen und Knistern, das von verzweifelten Rufen zerrissen wird. Die Ladenbesitzer haben ihre Waren hereingeholt; die E-Scooter-Fahrer sind abgestiegen und starren auf ihr Handy; die Gespräche klingen seltsam. Die Gesichter wirken verstört, sie blickt in vor Schrecken aufgerissene Augen; die Frauen ziehen sich ihre Halstücher oder Schals vors Gesicht, um ihre Tränen vor den Blicken der Passanten zu verbergen. Auf den drei Werbebildschirmen, an denen Sabrina vor nicht einmal einer Stunde vorbeigekommen ist, ist ein verbrannter Körper zu sehen, der von Feuerwehrleuten pietätvoll mit einem strahlend weißen Laken zugedeckt wird. Darüber steht in pissgelben Großbuchstaben: Paris, 14. November. Student verbrennt sich selbst.

2

In gewöhnlichen Zeiten klingen die Absätze der Präsidentin auf dem Wachsbetonboden des grünen Salons so ähnlich wie ein Buntspecht, der mit seinem Schnabel gegen einen hohlen Baumstamm trommelt. Die hagere, aufrechte Frau pflegt hier auf und ab zu gehen – hier und nirgendwo anders, weswegen die politischen Journalisten den Raum scherzhaft die Wandelhalle getauft haben. Die Präsidentin verlässt ihre Gemächer nur auf schwindelerregend hohen Stöckelschuhen – ein hart erkämpfter Sieg über eine Hüftdysplasie, an den sie mit jedem Schritt erinnern will. So wie manche an Phantomschmerzen leiden, hängt der Präsidentin ein abgehackter, gequälter Gehrhythmus an, den sie trotz einer kognitiven Verhaltenstherapie einfach nicht loswird. Sie bewegt sich in einem ternären Rhythmus vorwärts, der ihr den Spitznamen »die Mazurka« eingetragen hat.

An diesem Tag allerdings läuft die Präsidentin in orthopädischen Schuhen durch die Gänge. Sie trägt eine Trainingshose aus violettem Satin und trotz der Frische des frühen Abends ein ärmelloses T-Shirt, das ihre ausgeprägten Deltamuskeln zur Geltung bringt. Im goldenen Salon stößt sie zu ihren engsten Beratern und programmiert auf der quadratischen Uhr, die mit einem dezenten Armband aus pflanzlichem Leder an ihrem Handgelenk befestigt ist, die Boxen in den vier Ecken, um den Raum mit einer beruhigenden Mischung aus Trip-Hop und tibetischen Klangschalenklängen zu fluten. Sie weiß, dass ein junger Mann sich vor ein paar Stunden auf spektakuläre Weise umgebracht hat, nur ein paar Meter von der Nationalversammlung entfernt. Und das ist noch nicht alles: Der Junge hat an alle Redaktionen, alle sozialen Netzwerke, alle Videoportale ein Bekenntnis geschickt, in dem er die Namen seiner vorgeblichen Peiniger nennt. Auf das »vorgeblich« legt die Präsidentin wert. Es gibt keinerlei Rechtfertigung für diesen Masochisten, der sich mit Benzin übergossen hat und ... Sie bringt ihren Satz nicht zu Ende. Eine vage Geste deutet an, dass für sie alles klar auf der Hand liegt: Wenn er ein Opfer gewesen wäre, dann wäre er am Leben geblieben, um die Justiz am Werk zu sehen.

Ihre Berater haben die Bankkonten, die Noten und Beurteilungen seiner Zeugnisse von der ersten Klasse bis zum letzten Jahr seines unabgeschlossenen Studiums durchforstet. Des Rätsels Lösung liefert schließlich die medizinische Akte, die den Konsum von Antidepressiva in den vergangenen Monaten belegt. Die Spur der psychischen Störung: ein unverhoffter Glücksfall. Enzo Brunets Name ist die häufigste Suche im Internet. Seine komplette Biografie steht online.

Er ist in Le Cheylard in der Ardèche geboren, einer nicht ganz gottverlassenen Stadt, in der es jedoch nicht mehr viel gibt. Das Krankenhaus und die Post sind im letzten Jahr geschlossen worden. Kein südländischer Ziegenhirte also, sondern ein Kind der Einfamilienhaussiedlungen, das bestimmt davon träumte, dass seine Mutter ihm einen Geburtstag im Fastfood-Restaurant mit Bällebad organisierte. Mist, nicht gut für die Identifikation, sagt sich die Präsidentin und dreht die Lautstärke von *Unfinished Sympathy* auf. Ein reiner Durchschnittsfranzose, bis in die Fingerspitzen, mit dem tätowierten Stern auf dem Ellbogen und dem sich bei jedem Schritt öffnenden Hundemaul auf dem Knie. Dazu noch Waise. Der

Vater Landwirt, der sich mit Medikamenten umgebracht hat, bevor der Junge laufen konnte. Die Witwe, die den Hof für einen Apfel und ein Ei verkaufen musste, um nicht auf einem Schuldenberg sitzenzubleiben. Alleinerziehend mit dem Gehalt einer Arzthelferin. Die Mutter ist eine tapfere Frau – die Präsidentin schiebt den Moment hinaus, da sie das Video ihrer Reaktion auf der Webseite des Regionalblatts *Le Dauphiné libéré* wird anschauen müssen.

Der kleine Brunet ist ein Einzelgänger, wird jedoch von Onkeln und Tanten beider Seiten der Familie liebevoll umsorgt. Er ist ein guter Schüler, über den es nichts weiter zu sagen gibt, er besteht sein Abitur und bewirbt sich dann um ein Medizinstudium in Lyon. Der für die Verteilung der Abiturienten zuständige Algorithmus erteilt seine Zustimmung. Daraufhin wird eine Flasche Clairette geköpft. Der Staat gewährt ihm eine Beihilfe, die nicht einmal für die Miete eines heruntergekommenen Wohnklos in einem Studentenheim im Dresdner Nachkriegsstil reicht. Seine Mutter spart sich jeden Monat dreihundert Euro vom Mund ab, um sie ihm zu schicken. Dazu arbeitet er jedes Wochenende abends in einer Bar im Viertel Croix-Rousse und drei Tage in der Woche mittags in einem Bistro, wo er auf jedes Trinkgeld lauert und manchmal sogar das einstreicht, das nicht ihm zugedacht ist. Wie nicht anders zu erwarten, besteht er das erste Jahr nicht, und die neue Politik der »Meritokratie« verlangt von denen, die sich ihrem Studiengang nicht gewachsen zeigen, beim ersten Fehlschlag das Feld zu räumen. Er kehrt gesenkten Hauptes und mit zusammengebissenen Zähnen zurück nach Hause.

Wenn man im ersten Studienjahr durchfällt, kann man sich kein zweites Mal an einer öffentlichen Universität einschreiben. Dazu verbünden sich noch alle Planeten gegen sie, und die Witwe Brunet erhält eine Krebsdiagnose. Die Brust. Kaum hat sie es erfahren, fragt sie ihn: *Meinst du, ich habe dich nicht lang genug gestillt?* Sie verweigert sich das Recht zu sterben – das Los ihres Jungen macht ihr mehr Sorgen als der Zustand ihrer schadstoffverseuchten Brüste. Solange die Behandlung dauert, fährt er das Auto, kauft ein, füllt alle Formulare aus, wartet am Telefon, bis er endlich ein menschliches Wesen in der Leitung hat, das ihm in bedauerndem Ton mitteilt, es könne nichts tun – sei es, weil der Vertrag nicht vorsieht, worum man bittet, oder weil das Programm es nicht erlaubt, eine bestimmte Information einzugeben.

Nach den Chemotherapie-Sitzungen ist die Witwe Brunet zu schwach, um auf die Toilette zu gehen, und beschmutzt sich unter erstickten Tränen. Ihre Schwestern legen zusammen, um im Internet eine Perücke aus China zu bestellen: ein glatter Pagenkopf aus falschen Haaren, die aus Angelschnur zu bestehen scheinen. Enzo versucht, von der Krankenkasse einen Teil erstattet zu bekommen. Ein virtueller Helfer, dafür programmiert, einem den Mut zu nehmen, antwortet ihm immer wieder, dass die Perücke zu 30 % aus Echthaar bestehen oder das Kunsthaar auf mindestens 30 cm^2 handgeknüpft sein muss. Das weiß man, weil er darauf Wert gelegt hat, es in seinem Bekenntnis zu erwähnen. An der Schwelle des Märtyrertodes war es ihm wichtig, dies zu sagen: Er wollte, dass seine Mutter Haare auf dem Kopf hatte, und man antwortete ihm mit Statistiken, mit absurden, ans Obszöne grenzenden Zahlen, ein »man«, versteckt hinter einem Roboter mit englischem Namen: TellMiAmeli.

Als seine Mutter wieder auf den Beinen ist, will er weiterstudieren. Über eine Werbung im Internet findet er eine Schule für IT-Berufe in Paris. Die Mutter verschuldet sich. Als er in der Hauptstadt ankommt, verbringt er die erste Unterrichtswoche in einem kleinen Hotel, das von Bettwanzen kolonisiert ist und von Prostituierten genutzt wird. Dann steht er auf der Straße. Ein Kommilitone bietet ihm an, ihn zu beherbergen. Dieser Schutzengel ist der Älteste seines Jahrgangs. Er hat nie recht gewusst, was er mit seinem Leben anfangen sollte, aber seine Eltern unterstützen ihn in all seinen Projekten. Er lebt in einer Wohnung in der Rue Bonaparte, die der Vater seinen Kindern geschenkt hat, damit sie in aller Unabhängigkeit ihren Studien nachgehen können. Er ist mit einer jungen Frau verlobt, die für ein paar Monate in China ist, um ihr Praktikum im Rahmen ihres Magisters in Finanzwesen an der Universität Paris-Dauphine zu absolvieren. Enzo wohnt seit drei Tagen bei ihm, als er seine Freunde kennenlernt. Diese kreuzen schon ziemlich angeheitert auf, eine Flasche in jeder Hand, sie grölen und pöbeln herum, wanken und donnern gegen die Wände wie Crashtest-Dummies. Sie amüsieren sich freudlos; sie schwitzen und aus all ihren Poren sickert künstlicher, gewollter Wahn. Sie sind wie wild gewordene Kinder, die auf dem Nacken ihrer Eltern herumtrampeln.

Sie gießen eine halbe Flasche Pastis und das Drittel einer Pulle Wodka in eine Schüssel, dazu weißen Rum, Kräuterlikör und Cola. Zwei vergessene Popcorns schwimmen an der Oberfläche wie Rettungsflöße. Die Schüssel macht die Runde – der Erste, der kotzt, bekommt eine Strafe. Enzo hält nicht stand. Da spürt er, wie mehrere Hände ihn packen, mit dem Bauch nach unten auf dem Sofa fixieren und seine Hose herunterziehen, dann seine Unterhose. Er meint, Bemerkungen über den Zustand seiner Unterwäsche zu hören. Er sieht die Gesichter nicht mehr. Man drückt ihm einen süßlich riechenden Stofffetzen auf die Nase. Er kann sich nicht rühren, sein ganzer Körper ist in die Schaumstoffmatratze gedrückt. Dann ein heftiger Schmerz im unteren Rücken. Ein intimes Reißen, das Gefühl von warmem Blut. Gelächter.

Alles versinkt im Nebel, aber ein Wort vernimmt er klar und deutlich: Dreckbauer.

Als er am nächsten Tag aufwacht, ist er bis zur Nase zugedeckt. Die Laken und der Kopfkissenbezug sind bestickt, mit Lavendelwasser parfümiert. Die ganze Bettwäsche ist sauber und glatt wie in einem Landgasthof. Die Matratze ist weich, der Komfort steigt ihm in den benebelten Kopf wie eine Absurdität. Der Schmerz hebt die Amnesie auf. Als Enzo versucht sich aufzurichten, verzieht er das Gesicht. Sofort eilt mit bestürzter Miene sein Kommilitone herbei. Er versichert ihm, dass ein Arzt da war, dass er unbedingt ein paar Tage liegen bleiben muss, wegen der Naht. Dann wird alles wieder gut werden. Seine bleichen Lippen deuten ein Lächeln an. Enzo weigert sich noch zu benennen, was geschehen ist. Die Jungs wollten sich einfach nur amüsieren, der Spaß ist zu weit gegangen. Es ist dumm gelaufen. Ein Jammer. Aber wegen so einer Jugendsünde können die jungen Leute doch nicht vor Gericht landen. Sein Beschützer übergibt ihm einen Umschlag mit zehn Fünfhundert-Euro-Scheinen.

In der Folgezeit zeigt sich der Mitbewohner herzlich, bleibt jedoch auf der Hut. Er bringt ihm seine Mitschriften aus dem Unterricht mit, damit Enzo weiter folgen kann, und spricht von Leuten, mit denen er ihn in Verbindung setzen könnte, für später. Er trägt ihm auf einem Tablett sein Essen ins Zimmer. Enzo errät, dass zeitweise eine Haushaltshilfe im Haus sein muss, die wahrscheinlich seiner Mutter ähnelt. Er kann nicht mehr zurück; er denkt an die Einzige auf dieser Welt, die noch an ihn glaubt, so sehr, dass sie sich immer noch mehr Schulden aufhalst. Er hat Angst, auf der Straße zu landen; er hat nicht die Gene einer Streunerkatze.

Nach einer Weile fordert der Gastgeber den Brunet-Jungen auf zu gehen. Die kalte Jahreszeit ist da, auf allen Nachrichtensendern heißt es, Frankreich erwarte eine historische Kältewelle. Enzo gerät in Panik, er fleht seinen Kommilitonen an, bleiben zu dürfen. Er hat aufgegeben – wie stünde es um seine Würde, wenn er zehn Meter gegen den Wind stinkend auf einem Karton schlafen würde? Er weiß, was ihn erwartet, aber was dann passiert, ist schlimmer als alles andere – schlimmer als der Tod, den er zwei Jahre später wählen wird. An die hundert Mal wird er die ursprüngliche Szene nachspielen, mal mit mehr, mal mit weniger Alkohol im Blut. Er wird mit Mädchen und mit Jungen arbeiten. Manch einer gibt ihm zu verstehen, dass er es doch gar nicht so schlecht habe, er hätte auch an einer Supermarktkasse oder in der Fabrik arbeiten können. Es sei auch nicht erniedrigender, seinen Arsch zu verkaufen als die Kraft seiner Arme.

Das haben sie mir alle gesagt. Ich weiß nicht, ob irgendeiner von ihnen in seinem Leben je gearbeitet hat. Ich weiß, dass Sie sich fragen, von wem ich rede. Hier sind die Namen.

An diesem Punkt bricht die Präsidentin ab, gerade rechtzeitig. Die allen zum Fraß vorgeworfenen Namen kennt sie bereits. Ihre Berater haben ihr die Liste mit einem Trichter tief in die Kehle gestopft. Etwas tun, um jeden Preis. Zu schweigen wäre für die Öffentlichkeit ein Geständnis. *Was für ein Volk von Idioten. Geboren, um mir auf den Senkel zu gehen. Unfähig nachzudenken, ewig suhlen sie sich im Pathos wie Schweine im Schlamm. Elende Schwachköpfe. Fuck. Fuck. Fuck.*

Der Name des Sohns von Bergé-Lefranc ist gefallen. Die

Präsidentin, die selbst keine Kinder hat, ist seine Patin. Schon während ihrer ersten Amtszeit hat sie einen Skandal abwenden müssen, wegen der Stelle, die sie ihm im Rahmen der endgültigen Privatisierung des Schienenverkehrs zugeschanzt hatte, als er erst im zweiten Jura-Studienjahr (das er wiederholte) in Assas war. Die Tochter El Khoury, mütterlicherseits Erbin eines Petrochemie-Imperiums, das der illegalen Finanzierung des letzten Wahlkampfs der Präsidentin beschuldigt wird, ist eine kleine Zicke mit einem großen Maul und hohler Semantik. Die Vorstellung, wie sie in ein Glitzerkleid gezwängt eine Vergewaltigung filmt, ist nicht weiter erstaunlich. Die Grande Dame meint, ihr meckerndes Gelächter unter dem vergoldeten Stuck widerhallen zu hören. Ausnahmsweise genehmigt sich die Präsidentin ein Glas Cola mit Cognac.

Wir müssen die Wahrheit sagen.

Sie nimmt noch einen Schluck, blickt jedem ihrer Günstlinge eindringlich in die Augen, während diese um sie herumstehen, den Zeigefinger über ihrem Tablet in der Schwebe, als wären sie Engelchen, die auf den Allerhöchsten deuten.

Wir müssen laut und deutlich wiederholen: Enzo Brunet war depressiv, er stand unter Medikamenten und war vom Krebs seiner Mutter traumatisiert. Drückt ruhig auf die Tränendrüse – er war Waise. Das wird uns Gelegenheit geben, an unsere Maßnahmen zugunsten des Kampfs gegen den Brustkrebs zu erinnern. Wir können auch daran erinnern, dass Frauen einem Haufen Krankheiten öfter zum Opfer fallen als Männer. Schaut zu, wie ihr irgendwie unterbringt, dass diese Geschichte mich als erste Frau an der Spitze des Staates besonders berührt. Checkt mit den entsprechenden Abteilungen ab, ob wir nicht eine große Kampagne gegen Psychophobie starten können, mit einer kostenfreien Hotline, damit Depressive wie Brunet sich auskotzen, statt sich vor der Nase unserer Abgeordneten in Brand zu stecken. Und zieht die jungen Leute, die dieser Irre verpfiffen hat, für ein paar Tage aus dem Verkehr, für alle Fälle.

Sie strafft den Rücken; die Adern an ihren Oberarmmuskeln pochen.

Ich will, dass das Ganze in einer Woche vergessen ist. Findet etwas anderes, um es ihnen in den Rachen zu werfen.

3

Sechshundertsechs Kilometer vom Élysée-Palast entfernt ist der nächste Tag ein Arbeitstag wie jeder andere. Die Geschäftsleitung des Supermarkts hatte versichert, die Sonntagsarbeit würde ausschließlich auf Freiwilligkeit beruhen. Im Prinzip ist die Aussicht, am einzigen Tag, an dem man etwas von seinen Kindern haben kann, sieben weitere Stunden im Neonlicht zu verbringen, einem freiwilligen Einsatz wenig förderlich. Doch im Jahr des Großen Winters fiel die Explosion der Strompreise mit der neugeschaffenen Möglichkeit, sieben Tage am Stück zu arbeiten, zusammen. Die Freiwilligkeit verwandelte sich noch vor dem 1. Januar in Notwendigkeit, und der verdreifachte Lohn, der den Mitarbeitern als Köder vorgehalten worden war, schrumpfte auf ein Drittel. Paul ist im Super U von Le Cheylard Metzger. Außerdem ist er promovierter Literaturwissenschaftler, aber das weiß niemand, auch wenn man ihn im Verdacht hat, nicht alles erzählt zu haben. Paul legt Wert darauf, am Sonntag, dem Tag der Grillfeste, hinter seiner Kühltheke zu stehen, denn da weiß er, dass ihn ein ordentlicher Arbeitsrhythmus erwartet, was ihm den Dienst an der Kasse erspart, an die man ihn immer öfter beordert. Und es gibt noch einen Grund, den Paul aber nicht zugibt: Er hat keine Kinder.

Die Kunden aus der Umgebung kommen praktisch nicht mehr an die Fleischtheke; sie kaufen tiefgekühlte Steaks von alten Milchkühen, Schweinepastete im Glas oder bonbonrosafarbenen Schinken, der eingeschweißt neben den Dessertcremebechern im Kühlregal liegt. Die Fischtheke hat dichtgemacht, und an dem frei gewordenen Platz stehen jetzt tiefe Kartons, aus denen man Makkaroni-Tüten zum Schleuderpreis angeln kann. Die Obst- und Gemüseabteilung (alles aus Andalusien) ist ebenfalls zusammengeschrumpft. Vor ein paar Jahren sah Paul die Kunden nicht geizen, wenn es um die Marke des braunen Softdrinks oder der Schokoaufstriche ging. Jetzt gehen diese Produkte nicht einmal mehr in ihren Discounter-Varianten weg. Die Kunden setzen alles auf Großhandelspackungen mit gewöhnlichem Reis, Nudeln und Keksen. Die Körper sind aufgedunsen vom Zucker und der Inflation.

Da die Kunden nicht mehr an die Frischetheken kommen, die die Illusion des Supermarkts als super Markt aufrechterhielten, weiß Paul, dass er sich bald von seinem Fleisch wird verabschieden müssen, um an die Scannerkassen zu wechseln. Bald wird er, er weiß es und bereitet sich darauf vor, dicke Bohnen der Marke »gut & billig« einlesen, Seite an Seite mit seinen Kolleginnen, mit denen er während der Arbeitszeit nicht reden darf. Wie sie wird er seine Schultern spüren, sobald er der heiligen Stechuhr seinen Chip vorhält. Wie sie wird er in seinem Auto an der ersten Ampel losheulen, so sehr werden diese Schultern ihn quälen. Wie sie wird er versuchen, in seiner Arbeit Herausforderungen zu finden, alle Nummern der Produkte ohne Barcode auswendig lernen und sich denkwürdige Schnelligkeitswettkämpfe mit ihnen liefern. Wie sie wird er beim Allgemeinarzt über die Übersäuerung seiner Gelenke klagen und Paracetamol verschrieben bekommen.

Endlich hat Paul einen Kunden, der Lammkoteletts verlangt. Planvoll desinfiziert er sein Fleischerbeil mit der Langsamkeit einer Kurtisane beim Teeservieren. Das Hygieneprotokoll des Ladens umfasst über fünfhundert Seiten; regelmäßig kommen Ausbilder aus Lyon oder Grenoble, um es auf den neuesten Stand zu bringen und die Angestellten davon in Kenntnis zu setzen, die froh sind, ihren Hintern eine Weile auf einen Stuhl zu setzen und genüsslich an einem Becher Kaffee aus dem Automaten zu nippen. Der kleine Brunet. Sein Name schwirrt überall durch die Luft, und auch der von seinem zweidimensionalen Dackel begleitete Lammkotelett-Kunde redet von ihm. Paul erinnert sich, besagten Enzo vor etwa zehn Tagen zuletzt gesehen zu haben. Aufgefallen war ihm, dass der blonde Junge gefragt hatte, wo er Seezunge finden könne, was hier noch nie jemandem eingefallen war, nicht einmal zur Zeit der »Meeresprodukte«-Theke. Paul begreift jetzt erst, dass der Junge für seine Mutter frischen Fisch kaufen wollte, wahrscheinlich um sie mit einem letzten Abendessen zu verwöhnen. Das Bild des Abendmahls steht ihm vor Augen. *Von diesem frischen Fisch aus dem Super U sollst du zu meinem Gedächtnis essen.*

Um sich abzulenken, gibt Paul sich ein paar Sekunden lang seinem Lieblingsspiel hin: der Supermarkt-Entomologie. Zirrhose und Kyphose führen den Reigen an; an den Frauen hängen unmodische, vier oder fünf Jahre alte Klamotten herab: ausgeleierte Kunstfaserpullover, falscher Mohair, falsche Wolle, mit ein paar billigen Perlen bestickt, zerfetztes Kunstleder an den Füßen, abgelöste Sohlen, aus denen die Pappe hervorschaut. Die Haare der sonntäglich aufgeputzten Damen in China-Ware sind trocken und voller Spliss, strapaziert vom Ammoniak für die Strähnchen und dem Glätteisen, das im Badezimmer einen brenzligen Geruch hinterlässt. Die spröden Mähnen werden mit Plastikklammern aus dem 1-Euro-Shop hochgesteckt. Aus losen Oberteilen schauen Schultern hervor, auf denen grobe Tätowierungen prangen: ein Ideogramm, ein Datum in römischen Ziffern, ein von den Eltern erfundener Vorname, in unbeholfenen Schnörkeln ins Fleisch graviert.

Auf den Unterarmen und Unterschenkeln der Männer sind ebenfalls viele Tätowierungen zu sehen: Stammeskunst-Imitationen oder Kindergesichter; manchmal das Bild eines heißgeliebten Hundes. Die Augenbrauen sind mit kleinen Pfeilspitzen geschmückt, mit einer neonfarbenen Kugel als Verschluss. Dicke, mangelernährte Kinder laufen einander nach und unterhalten sich über Marken oder Online-Spiele; sie können sich über die unterschiedlichen Regalanordnungen in den großen Supermärkten der Gegend austauschen und aus dem Kopf die Preise ihrer Lieblingsprodukte in den verschiedenen Ketten vergleichen. Die Eltern verteilen nach Gutdünken Ohrfeigen; wildes oder unhöfliches Betragen lässt sie kalt, aber für einen umgekippten Softdrink folgt die Strafe auf den Fuß. Junge Paare kommen mit dem eingerollten Sonderangebotsprospekt in der Handtasche der Frau oder der Gesäßtasche der Arbeitshose des Mannes an; sie schieben ihren Caddie, als wäre er ein Kinderwagen. In dieser Gegend setzt man keinen Nachwuchs mehr in die Welt. Es gibt keine Arbeit, kein Krankenhaus, bald keine Schule mehr, und wegziehen ist keine Option. Da bleibt man lieber, wo man ist, und kinderlos – es gibt ja schon die Alten, um die man sich kümmern muss.

In diesem Landstrich, den Paul sich mit dem sicheren Gespür, das die Not gebiert, ausgesucht hat, braucht es nicht viel, um aufzufallen; kleine Makel sind die Norm: Lispeln, unbehandeltes Schielen, unvollständige Gebisse oder verkümmerte Eckzähne, Metallkronen. Pauls schlaksige Gestalt reicht nicht aus, um ihn als rechtmäßiges Mitglied der Gemeinschaft auszuweisen. Er trägt einen struppigen kleinen Faulenzerbart, verströmt aber einen süßlichen Geruch, den Hauch eines Luxusparfums, das seine Mutter ihm jedes Jahr zu Weihnachten schenkt. Ganz anders, als er es vor Antritt seiner Stelle erwartet hatte, wurde er von der Belegschaft sehr freundlich aufgenommen. Er bleibt in keiner Pause allein; die Frauen von der Kasse bieten ihm jedes Mal Windbeutel oder nach Öl schmeckendes Gebäck an, das ihm dann schwer im Magen liegt. Sie erzählen ihm von den Kindern, von den Schereneien mit dem Vorgesetzten, vom Urlaub, den sie nicht bekommen, damit im Sommer keine Vertretungen eingestellt werden müssen. Manchmal korrigiert Paul die Bewerbungsschreiben für die Schulpraktika ihrer Teenager, die sie noch als »mein Baby« bezeichnen.

Sie vertrauen sich ihm an wie einem alten Freund; er sagt nichts; im Grunde mag er sie sehr gern. Wenn es wieder an die Arbeit geht, wünschen sie ihm »Frohes Schaffen« und winken ihm nach, als wäre es ein Abschied für immer. Die Tage folgen alle dem gleichen Muster; er schämt sich dafür, unauffällig so viel Fleisch mit nach Hause zu nehmen, um es einzufrieren. Er wird zu den Geburtstagen der besseren Hälften und der Kronprinzen eingeladen; er verschenkt Bücher und erntet Spott dafür; die Bände werden zwischen zwei Nippsachen ins Regal gestellt, und dort bleiben sie dann.

Die Häuser, in denen Paul seine Kolleginnen besucht, sehen mehr oder weniger gleich aus: Einfamilienhäuser mit weißgestrichenen Wänden, vollgehängt mit peinlichen Hochzeitsfotos; die von einer Fernsehsendung inspirierte Deko beschränkt sich auf schlecht angebrachte große Blumenaufkleber – mit großen eingeschlossenen Luftblasen, die pestartige

Beulen bilden – und billige Wanduhren, die an Bahnhofsuhren erinnern sollen. Manchmal sind auf den Pressspanmöbeln große Papplettern befestigt und bilden Wörter wie »Love« oder »Life«, oder es hängen Schwarzweißfotos von New York oder London darüber; nur die Telefonzellen und die Taxis sind in Farbe, manchmal sogar mit Pailletten geschmückt. Der Fernseher ist so breit wie die Wand; er steht auf einem Plastikunterschrank, der wegen seiner lackartigen Oberfläche jeden Tag abgestaubt werden muss.

Hier und da beklagen sich die Frauen über ihre Macho-Männer. Diese halten sich für viril und begeistern sich für vergängliche Sporthelden, die aussehen wie aufgepumpte Jünglinge, für den Krieg, den amerikanischen Mittleren Westen und dessen quäkende Musik. Tatsächlich besteht der Alltag dieser Männer darin zu gehorchen und sich bei ihren Chefs einzuschmeicheln. Natürlich hassen sie ihre Arbeit, auch wenn sie lieber krepieren würden, als arbeitslos dazustehen, und sie brummen gern Sprüche wie »Zum Glück ist Freitag« oder »Montagmorgen ist der erste Schritt zum neuen Wochenende«. Sie sind gefügiger als die Frauen, die die gleiche Arbeit machen – Erstere wollen es bequem haben, Letztere brauchen den Lohn, für die Kinder. Die Persönlichkeit dieser Männer ist eine Mischung aus feudaler Untertänigkeit und moderner Ohnmacht.

Fast ohne Proteste, mit einer gewissen Erleichterung, haben ihre Vorfahren es hingenommen, von allem Besitz enteignet zu werden und auf ihre Unabhängigkeit zu verzichten, um zu Rädchen in einer komplexen Maschine zu werden. Sie haben die Zerstörung der natürlichen Ökonomie zwischen Nachbarn und die Zerstörung ihrer eigenen Heimstätten, ihrer eigenen Klans erduldet. Geblendet von Schimären, so lächerlich, dass man lieber tut, als fände man irgendeinen Reiz an ihnen, haben sie die Schändung und Plünderung ihrer Heimat zugelassen – und dann haben sie weiter geglaubt, gehorcht und gewählt. Wie soll man sich da wundern, dass ihre Nachkommen zu Gewaltfetischisten geworden sind?

Paul trifft nur noch Leute, die über die steigenden Lebenskosten besorgt sind, erschöpfte Arbeiter, die nicht mehr für Dienstleistungen und Abstraktionen bezahlen wollen, Bürger, die nicht sehr gebildet, aber wach genug sind, um die stinkenden Übel der Zeit zu erkennen: Steuergeschenke, Korruption, bestechliche Bürgermeister, Straflosigkeit und Arroganz der Mächtigen, die Grauzonen, weder Stadt noch Natur, die durch die Lagerhallen der unverzichtbar gewordenen Handelsketten verunstaltet werden, die Verachtung für die einfachen Leute, die diesen Abscheu spüren, ohne die Gründe dafür zu verstehen. *Klar, wenn wir alle verrecken, ist das gut fürs Klima! Wir sind nur dazu gut, zu bezahlen, solange keine Wahl ansteht, wissen sie nicht mal, dass es uns gibt* – solche Sätze hört er immer öfter, bei ihnen zu Hause, im Pausenraum, in den Gängen, mitten in einer Unterhaltung unter Kunden über den Preis der Nudeln, der sich in einem Jahr verdoppelt hat. Das Internet verleiht ihrer Argumentation keine Struktur, liefert ihnen jedoch Fakten, und auch wenn sie auf den ersten Blick unbeholfen wirken, erweisen sich manche doch als großartige Agitatoren. Man folgt den Fernsehnachrichten nicht mehr so ernsthaft wie zuvor. Man verachtet die Journalisten, die darauf beleidigt reagieren, weil sie sich für den Inbegriff der freien Welt und der freien Meinungsäußerung halten.

Pauls Verhältnis zur Geschäftsleitung gestaltet sich weniger selbstverständlich als das zu seinen Kollegen. Der Umgang mit den kleinen Chefs folgt pervertierten Kommunikationsmustern. Man wirft ihm mangelnde Autoritätshörigkeit vor und dass er nicht automatisch zu allem Ja sagt. Er tut nichts, was ihm einen Tadel eintragen könnte, aber man hält ihm bei jeder Gelegenheit vor, nur wegen des Lohns da zu sein, keine Begeisterung, keinen *corporate spirit* an den Tag zu legen. Jeder Abteilungsleiter des Ladens will seinen Herrschaftsbereich ausweiten und mischt sich genüsslich in die Angelegenheiten der anderen ein, um dem großen Manitu zu beweisen, dass sie es besser machen als ihre Amtskollegen. Diese Manöver führen dazu, dass die Mitarbeiter sich ständig belauert und mit widersprüchlichen Befehlen konfrontiert sehen, meist von kleinen Despoten erlassen, die nicht recht begriffen haben, worin die Aufgaben der Angestellten bestehen.

Nach seiner Einstellung hat Paul sich die Kunst des Fleischzerlegens angeeignet, wie er Sanskrit gelernt hätte. Man schätzt ihn; man macht sich freundlich über ihn lustig. Er ist nicht wirklich an seinem Platz, aber er ist ein akzeptabler Notbehelf. Er ist höflich zur Kundschaft, die keine Ahnung hat und einfach *Fleisch* verlangt. Im Metzgergewerbe entdeckt er sein pädagogisches Geschick. Ironischerweise, denn wie oft hat er nicht wiederholt, dass er niemals Lehrer werden würde … Die Monate rasen dahin; dreimal im Jahr fährt er nach Paris, als ginge es aufs Schafott, um seine Eltern zu besuchen.

Er erträgt es kaum, wenn er den Autobahnring erreicht, gesäumt von spitzen Gebäuden mit dreieckigen Fenstern, von infantilisierenden Botschaften in orangegelber Leuchtschrift, und dann seine Mutter, die ihn immer empfängt, als wäre er nie weggegangen, als habe er nicht ein neues Leben angefangen. Sie fragt ihn nicht, wie es ihm dort ergeht, fern von ihr; sie nimmt die Unterhaltungen da wieder auf, wo sie am Telefon stehengeblieben waren. Sie redet nur von sich, von ihren Cousinen und ihren wenigen Freundinnen, lauter frühere Kolleginnen. Paul fragt sich, ob sie sich für ihn schämt oder ob das Älterwerden für sie so unerträglich ist, dass sie ihren erwachsenen Sohn zu ihrem Vertrauten machen muss. Seinen Eltern zu begegnen wird immer schwieriger; sie sind verdrießlich, obwohl sie keinen erkennbaren Grund haben, sich zu beklagen.

Wenn er in die Hauptstadt fährt, fällt ihm auch deren Niedergang jedes Mal etwas mehr auf. Die Stadt wird nicht schmutziger, oder vielleicht doch, aber das ist ihm egal. Für ihn muss eine Stadt nicht sauber sein, aber dynamisch, lebendig, voller Versprechen. Er pfeift auf makellose Gehwege und desinfizierte Haltegriffe im Bus. Für ihn kann man es in einer Stadt nur aushalten, wenn sie im Gegenzug etwas zu bieten hat. Aber abgesehen von ein paar Ecken, die unter einer Glasglocke weiterleben, hat er das Gefühl, durch die Gänge einer Online-Verkaufsplattform zu wandeln. Die Läden gehören Franchise-Ketten, die Touristinnen sind hemmungslos vulgär und tragen Baskenmützen aus rosa Plüsch, um auf *frenchie* zu machen, die Kneipenbetreiber machen keinen Hehl daraus, Tiefkühldreck aufzutauen, die Klamottenläden beschallen ihre Räumlichkeiten mit Musikkonserven, die Museen präsentieren Ausstellungen, die weder Hand noch Fuß haben, um zu zeigen, dass sie darauf Wert legen, Kunst von Frauen aus den Archiven auszugraben. Natürlich ist es möglich, dieser amerikanisch inspirierten, chinesisch verfertigten Dubaiisierung zu entkommen, indem man in die Rue du Bac flieht. Aber die ist nicht um die Ecke, und da riecht es nach Mottenkugeln.

Paul stammt nicht wirklich aus Paris. Er ist in Boulogne-Billancourt geboren, seine Mutter unterrichtete dort an der

Hochschule Französisch und der Vater war Pneumologe; Pauls Großeltern väterlicherseits hatten in Sèvres in einem großen bürgerlichen Haus gewohnt, das zu einem geradezu unanständigen Preis verkauft worden war. Er hat noch Erinnerungen an dieses Haus, in dem man über Biskuitporzellan, Posamenterie und Stickmuster für Taufkleider parlierte. Er wartete damals Stunden in der Bibliothek, bis seine Großmutter sich bereitfand, seine Hände auf Sauberkeit zu prüfen, bevor sie ihm einen Balzac-Roman anvertraute, mit Ledereinband, Goldprägung und kaum vergilbten Seiten, in der Ausgabe von Jean de Bonnot – diese Welt koexistierte auf wundersame Weise mit dem *Club Dorothée* im Fernsehen und dem Spielen am Game Boy.

Alles in diesem Haus strahlte einen altmodischen, bewegenden Charme aus; jeder kleinste Gegenstand war ein Wunder an Raffinement und Beständigkeit; alle Dinge waren genau an ihrem Platz. Die heilige, materielle und mystische Ordnung des Ganzen suggerierte die Existenz einer eigenen Zivilisation, einer bürgerlichen Zivilisation. Der Garten war das reinste Paradies. Die Kinder kletterten auf die Kirschbäume, während die Erwachsenen sich an gut gekühltem Schaumwein labten; sie stopften sich mit Himbeeren voll und gingen danach um die Teiche von Corot spazieren. Er war ein paar Kilometer von Paris in einer anderen Welt aufgewachsen.

Élisabeth, seine kleine Schwester, hat eine Tochter zur Welt gebracht und fühlt sich überfordert; die Großmutter hat ein Zimmer hergerichtet, so kann die Kleine mehrere Tage bei ihr verbringen, damit ihre Eltern sich erholen. Paul spürt, dass seine Mutter über ihre so kleinmütige Nachkommenschaft betrübt ist. Es ist bekannt, doch niemand redet darüber, dass der Älteste der Geschwister, der neuerdings in der Schweiz lebt, mehr verdient als die drei anderen zusammen; Élisabeth ist Neurologin geworden, und Antoine, der Jüngste, Denkmalpfleger in der Gironde. Der Einzige ohne Doktortitel lebt auf dem größten Fuß.

Wenn Paul die Ardèche verlässt, fehlt sie ihm wie eine Geliebte, von der man sich am liebsten niemals trennen möchte. Er hat es eilig, in seine Bruchbude voller Spinnen, Weberknechte und Silberfischchen zurückzukehren. Er sehnt sich danach, Fleisch zu berühren; er hat ein Gebiet gefunden, auf dem er glänzen kann, ein anspruchsvolles Handwerk, das als Drecksarbeit wahrgenommen wird. Er genießt die Weite und die Stille; diese gottverlassene Gegend, sagt er sich, hat durchaus ihre guten Seiten – sie ist eine Art Spielwiese für Pioniere. Man muss allein klarkommen, sich um Freundschaften bemühen, lernen, Dinge selber zu machen, sein Ego hintanstellen, um mit den oberschlauen Mechanikern quatschen zu können, die sich in Rotweinrationen bezahlen lassen – keine Frage, dass die wenigen Staatsbeamten, die herkommen, um zu kontrollieren und die Ordnung aufrechtzuerhalten, nicht als Beschützer gesehen werden, sondern eindeutig als Abzocker. Paul konnte zusehen, wie das Misstrauen gegenüber allem Institutionellem zunahm. Man lässt die Leute in der Kälte und der Isolation krepieren, aber von Zeit zu Zeit schickt man, wie zu Kolonialzeiten, mit Prämien bezahlte Beamte los, um zu prüfen, ob das Volk sich anständig benimmt.

Manchmal vernimmt er im Morgengrauen den Ruf der Großstadt; doch dann erinnert er sich an die Warteschlangen, die Enge, das beglückte Staunen, das ihn in Paris angesichts jeder Wildpflanze in der grauen Steinwüste überkam, und fühlt sich ergriffen von seinem Stück Erde, dem Wald, der seinen Blick umgrenzt, dem Geruch seines Hauses nach dem Regen, der Süße der Spätsommerabende. Er denkt an die Eingangskontrollen und das Abtasten vor Konzerten, an die gereizten Wortwechsel mit Hinz und Kunz, an die Paranoia, die Sicherheitsvorschriften, die über Lautsprecher verbreiteten Aufforderungen, bei Hitze das Trinken nicht zu vergessen, die Apps, die früher noch kostenlose Handreichungen für Geld anbieten, und dann weiß er, dass er die richtige Wahl getroffen hat.

4

In Sabrinas Bewusstsein regt sich durch Enzo Brunets Selbstmord das Gefühl des Schicksalhaften. Es ist nicht ihre Art, sich mit vermischten Meldungen aufzuhalten – diejenigen, in denen Kinder vorkommen, sind ihr wegen der Reaktionen unangenehm, die sie auslösen. Sie hasst die Teddybären-Ablegerei am Tatort, die Gedenkmärsche, die Online-Trauerseiten, das von den Umständen erzwungene Mitgefühl, die von Unbekannten im Fernsehen abgespulten Gemeinplätze, die guten Frauen, die sich mit der Mutter identifizieren und es wissen lassen, als würde sie das adeln. Aber diese vermischte Meldung erschüttert sie und ruft religiös angehauchte Erinnerungen in ihr wach, die sie seit einiger Zeit verdrängt. Es war Mektoub, Schicksal. Bevor er beschlossen hat, sich das Leben zu nehmen, noch bevor er geboren wurde, stand schon geschrieben, dass Enzo Brunet auf die Welt gekommen war, um daraus zu scheiden – es war keine menschliche Tat, sondern Gottes Hand. Es war vorsätzlicher Mord.

Sie hat es vorgezogen, nicht zu ihren Eltern zu fahren – sonst versucht sie es jeden Sonntag zu schaffen, ob Lina da ist oder nicht, auch wenn diese immer lauter dagegen protestiert, alte Leute zu besuchen, die sie als langweilig erachtet. *In diesem Kaff am Arsch der Welt.* Sabrina hat ihre Mutter angerufen, und die fragte, ob es wegen des Jungen sei, den sie im Fernsehen gesehen hat. Sie hat nicht geantwortet. Die Mutter hat ein Du'a gesprochen, dann haben die beiden Frauen ohne jede Verlegenheit geschwiegen. Sie schwatzen eher drauflos, wenn sie etwas verbergen. Die beiden kommen ohne Worte aus; sie haben den Urzustand nie hinter sich gelassen, die Symbiose von Mutter und Kind. Der Gedanke versetzt Sabrina einen Stich, denn er wirft sie auf die Zerrüttung ihrer Beziehung mit ihrer eigenen Tochter zurück.

Sabrina ist durch den Fall Brunet in einer Art Trance gefangen, sie hat ein Video der Witwe gesehen, in dem sie von der Lokalzeitung befragt wird. Am Tag nach der Veröffentlichung ist es das meistgesehene Video im Netz, während die beschuldigte Regierung sich ein Kommuniqué abgerungen hat:

Der tragische Tod von Enzo Brunet erinnert uns an die Anstrengungen, die wir alle weiter unternehmen müssen, damit psychische Störungen auf menschliche, inklusive und nichtdiskriminierende Weise behandelt werden. Der Fünfjahresplan für den Kampf gegen Psychophobie steht für den Willen der Regierung und der Staatschefin, jede Frau und jeden Mann zu beschützen.

Die Witwe Brunet, die nicht weiß, wann sie die verkohlten Überreste ihres Sohnes wird begraben können, wird zu Hause gefilmt, sie sitzt an ihrem von einem Wachstuch mit Herzchenmuster bedeckten Küchentisch, das Gesicht in grelles Scheinwerferlicht getaucht, am Samstagabend, ein paar Stunden nach der Einäscherung bei lebendigem Leib. Sie trägt einen pinken Pulli mit der Aufschrift Harvard University 1986, der sich mit dem Teint der schlecht ernährten Raucherin beißt. Rechts von ihr dampft der aufgekochte Zichorienkaffee in einer Tasse mit dem Foto einer ihrer Nichten darauf, ein Weihnachtsgeschenk. Das Ganze ist meilenweit von dem entfernt, was Sabrina zu sehen und zu hören erwartet hat – die Szene ist nicht surreal, die Frau ist nicht am Boden zerstört; alles spiegelt die nackte Realität des Lebens wider. Die Mutter Brunet spricht mit neutraler, eintöniger Stimme, wie man sie in den Audiodeskriptions-Kopfhörern für Blinde hört. Sie zählt ihrerseits die Namen auf, die ihr Sohn genannt hat – diese Namen, so fügt sie abschließend hinzu, dürfen nicht vergessen werden. Sie sind der Schlüssel der Geschichte. Jede der von Enzo genannten Personen muss Rechenschaft ablegen.

Die Brunet-Liste: Constance El Khoury, Édouard Bergé-Lefranc, Anatole de Baecque, Louis Boileau, Christian Zang, sie kann sie nicht alle behalten, aber jeder von ihnen erinnert Sabrina an irgendeinen rasch vertuschten Skandal. Sie ist nicht politisiert – sie behauptet nie etwas, fordert noch weniger, im Gegensatz zu ihren Kolleginnen. Sie hat ein Mediapart-Abo aus zweiter Hand. In den zehn letzten Jahren hat es so viele Skandale, Enthüllungen, Whistleblower, sogenannte Schocker-Artikel gegeben, dass sie Mühe hat zu verstehen, wo sie lebt.

Es ist wahr, dass die Behörden beckmesserisch sind, dass sie Leute wie Verbrecher behandeln, weil sie für die Schulkantine dreißig Euro im Rückstand sind, während gleichzeitig herauskommt, dass andere mehrere Millionen Steuerschulden haben, ohne dafür belangt zu werden. Im durch Steuergelder finanzierten Fernsehen erteilen Vorbestrafte Lektionen in Rechtschaffenheit. Das ist alles wahr. Aber der Staat zieht sich zurück – er gewährleistet nur noch eine Funktion: die Bürger zu überwachen. Die Privatwirtschaft diktiert ihre Regeln. Das Unternehmertum wird angepriesen und zugleich durch die Abgaben zur Finanzierung der dahinschwindenden staatlichen Dienstleistungen unmöglich gemacht. Wohin geht das Geld? Der kleine Brunet würde noch leben, wenn er für ein weiteres Jahr ein Studentenzimmer bekommen hätte. Man rühmt den Liberalismus im amerikanischen Stil, die Freiheit, sein Leben selbst in die Hand zu nehmen, aber das Modell, das sich durchsetzt, ist eine Mischung aus Laisser-faire und bürokratischem Despotismus – die Leute bleiben große Kinder, die sich melden, um zu fragen, ob sie aufs Klo dürfen.

Während sie auf Linas Rückkehr wartet, beschließt Sabrina hinauszugehen. Als sie ihr Handy angemacht hat, um ihre Mutter anzurufen, war sie überrascht, dass seit dem Zwischenfall mit Tom niemand versucht hatte, sie zu erreichen. Ihre Kolleginnen haben keine Anstalten gemacht, sich nach ihr zu erkundigen, nicht einmal, ihr Vorwürfe zu machen – auch die Eltern des Kindes nicht, was für ihr gequältes Gewissen keine Erleichterung, sondern eine Galgenfrist darstellt. Lina hat ihr nicht geschrieben, Xavier auch nicht. Vielleicht existiert Sabrina nur noch für ihre Mutter. Manchmal denkt sie, dass sie ein Trugbild ist, ein Ektoplasma, das aus Widerspruchsgeist in einen Körper eingezogen ist.

Ihre Eltern sind vertrocknet. Aïcha ist als Reinigungskraft im Krankenhaus tätig und kann sich nicht entschließen, mit dem Arbeiten aufzuhören. Belkacem ist Diabetiker und hat eine völlig verkrümmte Wirbelsäule – ein Leben voller Umzüge, schwerer Lasten und Werkzeugmaschinen. Mit zweiundsiebzig Jahren bezieht er eine Rente von 900 Euro und leidet an Darmkrebs. Der Wohnblock, in dem sie über die Hälfte ihres Lebens verbracht haben, soll im Namen neuer Normen abgerissen werden, aber jeder weiß, dass man für die aus Paris Vertriebenen, die wiederum die aus Meaux Vertriebenen ins Exil drängen werden, kleiner, modularer und teurer bauen wird. Ihr Lebensabend lässt sich beschwerlich und einsam an: klägliche Rente, erzwungener Umzug, nichterstattungsfähige, also auf Kredit gekaufte Medikamente, drohende geistige Störungen, die Angst vor Altersschwäche. Wie viele kleine Mädchen hatte Sabrina von einem Haus geträumt, in dem ihre Eltern im ersten Stock wohnen könnten.

Aïcha macht es ihrer Mutter im gleichen Alter nach: Auf ebenso lächerliche wie nervenaufreibende Weise übt sie einen ständigen moralischen Druck aus, damit ihre Kinder sie jeden Tag anrufen, ausnahmslos. Sie hat auf das Alter gewartet wie auf eine Belohnung; für sie haben die Kinder in der Nähe ihrer Eltern zu leben und sich bis zu ihrem Tod um sie zu kümmern; man verbringt seinen Lebensabend im Kreis seiner Nachkommenschaft, gewiegt vom Lachen der Kinder und vom liebreizenden Weinen der Babys. Man braucht nur mit den Fingern zu schnippen, um ein Glas Wasser gebracht zu bekommen; jeder Wunsch wird einem von den Augen abgelesen; alles, was man sagt, ist weise; man genießt sein Alter; man verfault wohlgemut auf seinem Thron. Verfall und Hässlichkeit sind kein Schreckgespenst, ganz einfach, weil das Alter ersehnt wird. Altern ist ein Privileg.

Aïcha hatte sich in ihren Träumen als Matriarchin gesehen, wie die Frauen vor ihr; durchsetzungsstarke Frauen, die in ihrer Jugend so getan hatten, als folgten sie den Anweisungen ihres Mannes, am Ende jedoch vor ihm herliefen; Frauen mit ihrem Haushalt als Königreich und ihren Kindern als Vasallen. Ein bloßer erhobener Zeigefinger würde genügen, um sich von ihrer Tochter, ihren Schwiegertöchtern und den Kindern ihrer Kinder bedienen zu lassen. Nachdem sie ihr Leben lang die Zähne zusammengebissen und Theater gespielt hatten, konnten die alten Algerierinnen zu allem ihren Senf dazugeben, dringende Empfehlungen über die Vornamen der noch ungeborenen Kinder aussprechen, sich in den Haushalt ihrer Töchter einmischen, die Frauen ihrer Söhne umziehen und die Jungen mit Verlobten ihrer Wahl verkuppeln.

Aïcha hatte Mühe gehabt zu begreifen, dass der Lauf der Dinge sich geändert hatte; ihre Kinder waren immer in Eile, beschäftigt, erschöpft, überarbeitet, nicht einmal einen Tag im Monat verfügbar, so sehr lief ihnen zwischen Einkäufen, Amtsgängen, dem Gedöns der Schulen, den obligatorischen Freizeitaktivitäten die Zeit davon; ihre Kinder rackerten sich für ein letztlich armseliges, trostloses Leben ab, das ihrem Vater, dem Bauern aus Sidi Khaled, keineswegs erstrebenswert erschienen wäre. Aïcha hatte ihre Mutter bis zum Ende umhegt; sie war nach Algerien gereist, um sich mit ihren Schwestern um sie zu kümmern; sie hatte diese beneidet. Sie hatten viele Kinder, und auch wenn sie so arm waren, dass sie auf einem Teppich auf dem nackten Betonboden schliefen, hatten sie sich nie gefragt, wie sie sie ernähren würden. Jede neue Schwangerschaft wurde als großartiges Ereignis gefeiert. Aïcha hatte nicht gehofft, sondern erwartet, dass sie in den Genuss des heiligen Status der alten Dame käme, die man voller Ehrerbietung umsorgt. Ihre Schwiegertöchter hatten sie eines Besseren belehrt und an den Platz verwiesen, der den Ältesten hier zugedacht war: eine Kammer, in die man abgeschoben wurde, um zwischen zwei seltenen Höflichkeitsbesuchen die Zeit totzuschlagen. Sie schaute Reality-TV. Der Kulturschock angesichts der Art und Weise, wie die Alten hier behandelt wurden, hatte sie bis in die Grundfesten erschüttert, es war ein Alptraum.

Sabrinas Eltern waren in einer kleinen Stadt südlich von Biskra geboren worden und hatten sich in Meaux, nicht weit von Paris, niedergelassen. Sabrina war zwischen langgestreckten Wohnblöcken groß geworden, die sich wanden und große Betonwinkel bildeten. Man findet sich dort mittels großer, auf die Fassaden gemalter Buchstaben zurecht und anhand der

Farbe der Balkons. Die Kellergänge bilden eine Parallelwelt voller Liebeleien, armseliger sexueller Spiele und Kleinhandel; pseudogriechische Sandwichläden und familienbetriebene kleine Supermärkte haben die Stadtteilzentren abgelöst. Man begegnet finsteren Gesichtern, denen schon »Jugendrichter« auf der Stirn geschrieben steht; man trifft Halbwüchsige in übergroßen Trainingsanzügen, die sich auf Mofas schwingen wie auf Schlachtrösser und sich demonstrativ an den Eiern kratzen, sei es aus Nachahmung oder aus Provokation – schockieren tut das schon lange niemanden mehr. Die Zahl der übergewichtigen Kinder ist explodiert. Die der Muckibuden-Junkies ebenfalls.

Die Alten im Viertel haben sich mit der Hässlichkeit abgefunden; für sie gibt es keinen friedlichen Ruhestand mit Meerblick, keine Ferienwohnungen in der Nebensaison, leere Strände und feine Restaurants mit scharwenzelnden Obern. Was sie erwartet, das sind Amokfahrten vor ihren Fenstern, unverständliche Formulare, der Stress angesichts der Digitalisierung, die kleinen Schritte über die riesigen Betonplatten, die Angst, die Schmerzen bei jeder Bewegung, die einsamen Monologe, die Katze als letzte Angehörige, der Gestank in der Wohnung, die man mangels Kraft in den Armen nicht mehr lüften kann, und die Wahlentscheidungen, die ihnen Vorwürfe von wohlmeinenden Zeitgenossen einbringen.

Seit der letzten Rentenreform sind alte Leute erfroren und Siebzigjährige am Arbeitsplatz tot umgefallen. Die Gemeindeverwaltungen vollbringen manchmal eine gute Tat, indem sie gebeugte Greise vor den Schulen den Verkehr regeln lassen; diese breiten unter ihren neonfarbenen Westen mühsam die Arme aus, um von telefonierenden Fahrern gesteuerte Ungetüme zum Anhalten zu bewegen. Man weiß nicht, ob man lachen oder weinen soll. Eine Gegenoffensive wurde gestartet: Die Ältesten werden nachts beherbergt, man legt zusammen, um einen Raum zu heizen, in dem sie sich zusammendrängen können. Man greift auf die Rentner der Nachbarschaft zurück, damit sie die Kinder hüten; man bezahlt sie mit einem Einkaufskorb voll Proviant oder indem man eine Rechnung begleicht; und am Ende schleppt man sie gerne überallhin mit, um sich selbst nützlich zu fühlen.

Ein paar Schlauberger haben eine Möglichkeit gefunden, sich ein Zusatzeinkommen zu verschaffen, indem sie im Internet mit verschiedenen Konten dutzendweise Termine bei Ärzten aller Fachgebiete reservieren; diese Termine verkaufen sie dann über die Messenger-Dienste der sozialen Netzwerke an die Meistbietenden. Ohne diese informelle Zusatzgebühr kann es über zwei Jahre dauern, bis man einen Augen- oder Frauenarzttermin bekommt. Innerhalb von ein paar Jahren hat sich eine Gegenökonomie der Armen etabliert. In den Zeitungen oder im Fernsehen ist davon nie die Rede. Aus dem stillschweigenden Einvernehmen zwischen Staatsmacht und Massenmedien im Namen des Kampfes gegen die Geister des Stalinismus wie auch des Faschismus wird kein Hehl gemacht.

Es gibt keinen einzigen Bereich, in dem die Bilanz der vorigen und der gegenwärtigen Amtszeit der Präsidentin zu nuancieren wäre: Das Krankenhausnetz ist zusammengeschrumpft und es gibt nur noch in den Großstädten große medizinische Zentren, Fabriken, die die Patienten wieder hinauskatapultieren, sobald sie operiert oder schlecht diagnostiziert wurden, mit Gängen, in denen man sich auf einem Stuhl oder einer Liege zusammenkauern kann, bis man endlich einen Arzt zu Gesicht bekommt; die Bewertungen am Ende der Grundschule sind abgeschafft worden, weil sie die boomende

Analphabetenrate allzu deutlich ans Licht brachten; die Kindersterblichkeit steigt auf spektakuläre Weise an; Hexerei, Aberglaube und Bigotterie machen sich wieder breit, von den salafistischen Vorstädten bis zu den Wohlstandsbürgerinnen, die sich als Schamaninnen versuchen. Das Wirtschaftswachstum ist gut. Wer seine Arbeit verliert, hat im Schnitt nur noch eine Woche, um neu durchzustarten, bevor er auf der Straße landet. Jedes dritte Kind lebt unterhalb der Armutsgrenze. Die Zukunft von Paris ist die von São Paolo: von Superreichen bewohnte Wolkenkratzer, umgeben von Elendsvierteln aus Bruchbuden und Zeltplanen, und dazwischen eine zerriebene, panische Mittelschicht, die bei jedem Schlagstockeinsatz der Polizei Beifall klatscht.

Die Definition der Schattenwirtschaft wurde erweitert, und um sie auszurotten wie eine Seuche, überlegt man, das Bargeld abzuschaffen. Eine Mutter, die einer Nachbarin die Kleider ihrer Kinder verkauft, ohne es zu versteuern, wird als Wirtschaftsverbrecherin betrachtet. Diese Missetäterinnen werden über den gleichen Kamm geschoren wie Waffenhändler und Drogendealer, ihnen drohen unangekündigte Wohnungsdurchsuchungen, sie können eingebuchtet werden und sogar ihre Staatsbürgerschaft verlieren. Die Keule der Aberkennung der französischen Nationalität wird so inflationär geschwungen, dass darüber Witze gerissen werden. Es ist davon die Rede, das Wahlrecht an ein Sozialkredit-Punktesystem zu koppeln. Der Staat stellt über Privatfirmen Hilfspolizisten ein, die als »Überprüfungsassistenten« bezeichnet werden. Die Sanktionen für Diebe sind härter geworden, während die Zahl der Einbrüche explodiert; am strengsten zeigen sich die Richter bei Diebstählen in den Lebensmittelabteilungen der Supermärkte. Die Überwachungskameras haben sich bis in die dünnbesiedelten ländlichen Gegenden ausgebreitet.

Sabrinas Blick schweift über die graue Fassade des Gebäudes gegenüber. Darauf steht: »Gerechtigkeit für Enzo«.

5

Mit der Zeit verträgt Paul die Einsamkeit immer schlechter. Vor einigen Jahren, als er aufs Land gezogen ist, wartete er ungeduldig auf jeden arbeitsfreien Tag, um mit seinen Büchern allein zu sein. Heute überkommt ihn beim Anblick seiner Bibliothek Schwindel, als wäre er selbst der Totenschädel in einem Vanitas-Stillleben. Sonntags sucht er nach dem Dienst gern bei Aurélien Zuflucht. Diese Freundschaft ist für ihn das, was der Geborgenheit einer Familie am nächsten kommt; es gefällt ihm, Auréliens heranwachsende Tochter zu beobachten, die die Augen verdreht, sobald ihr Vater den Mund aufmacht, Élodie zuzuhören, die sich von ihrer Verve mitreißen lässt und über jedes zweite Wort stolpert, wenn sie sich echauffiert, es gefällt ihm, zwischen den Bäumen zu flanieren und sich auch im Winter in die Hängematte zu legen, in der sich ewig vom Nordwind herangewehte Klettensamen sammeln.

In den Wochen nach seiner Flucht aufs Land hatte Paul die Zweigstelle der Bauerngewerkschaft Confédération Paysanne angeschrieben, getrieben von der vagen Idee, einen Permakultur-Garten anzulegen, mit der jugendlichen Naivität dessen, der alles Intellektuelle satthat und den Weg der Landwirtschaft als Rückkehr zur natürlichen Ordnung der Dinge ins Auge fasst. Es war Aurélien, der ihm antwortete. Seine Nachricht zeugte von einem offensichtlichen Desinteresse an Interpunktion, aber der Wortschatz verriet eine solide Bildung, einen klugen Kopf, eine Ironie, die dezent verschleierte, wie allein er sich fühlte. Die überlangen Sätze und die abgerissenen Gedanken verrieten eine Sehnsucht danach, ein neues Gesicht zu sehen, sich zu unterhalten, eine Gelegenheit zu finden, sein übervolles Herz auszuschütten. Paul hatte sich sofort zusammengerollt wie ein Igel. Er war voller Begeisterung, solange die Dinge im Embryonalstadium blieben. Sobald sie konkreter wurden und die Interaktionen sich zu verkörpern drohten, ließ ihm die bloße Vorstellung, einem Menschen zu begegnen, einen Atem zu spüren, eine neue Stimme zu hören, eine Hand zu drücken, das Herz stocken.

Bevor er eine Telefonnummer wählte, bereitete er seinen Text vor; wenn er das nicht tat, konnte es passieren, dass er stumm blieb, sobald sich sein Gesprächspartner meldete. Er machte Listen, ordnete Wörter alphabetisch, analysierte Zahlenreihen, um sich zu fassen, bevor er sich auf das Feld der sozialen Akrobatik begab. Er war durchaus bereit, sympathisch zu erscheinen; er hielt sich für liebenswürdig und war es tatsächlich. Er redete nicht oft, aber lange – wenn er den Mut fand, sich zu äußern, war es ihm wichtig, alles zu sagen. Er war ein verlässlicher Zuhörer, und wenn er sich jemandem anvertraute, dann tat er dies gründlich und kehrte unter Schmerzen sein Innerstes nach außen, um seine Freundschaft aufrichtig unter Beweis zu stellen – die Freundschaft war für ihn der höchste Wert. Paul hatte sich drei Wochen Zeit genommen, um Aurélien zu antworten. Kurz darauf hatten sie sich getroffen, auf dem Hof, der einer Art Holztempel auf einem Olymp voller Edelkastanien glich.

Das Anwesen ist rund um einen Hofladen und etwa zehn grobgeschliffene Massivholztische angeordnet, es umfasst einen Lebensmittelverarbeitungsbereich, wie die offizielle Bezeichnung lautet – eine große Küche mit imposanten Edelstahlmaschinen –, und Büroräume. Den Ziegenstall, in dem auch das Schwein für den Eigengebrauch der Familie wohnt, hat Aurélien gebaut. Der Hof produziert seit sieben Generationen Kastanien; Aurélien ist hier zu Hause, ohne dafür Grundbuch und Steuerbescheid hoch halten zu müssen. Sein Name ist auch der des Weilers. Er hat das knorrige Gesicht und das kantige Kinn seiner Vorfahren, die auf den von Zeit und Schimmel angefressenen Sepiafotografien an der Wand mit den Antiquitäten prangen – Besucher betrachten sie mit archäologischem Interesse.

Er ist eine wuchtige Erscheinung; seine breiten, kräftigen Hände sind wie Korkstücke und mit einem beeindruckenden dunklen Haarteppich bedeckt; die pilzbefallenen Nägel wellen sich und wachsen schwarz nach; das Gesicht ist mit einem lichten, spärlichen Bart bedeckt, mit krausen, wirren kleinen Inseln. Sein dichtes, glattes Haupthaar hat von seiner Angetrauten einen Bürstenschnitt verpasst bekommen, und die Kopfbedeckungen, die er sommers wie winters trägt, verleihen diesem eine seltsame Form, als wäre er unter einer Papstkappe gefangen. Große, runde olivbraune Augen in länglichen Höhlen verleihen ihm das Aussehen eines Magiers; seine tiefe Stimme lässt seinen Brustkorb vibrieren.

Aurélien ist eine Lokalgröße, Sohn einer geachteten, alteingesessenen Familie. Élodie hat er kennengelernt, als sie in einem großen Milchviehbetrieb ihr Abschlusspraktikum machte; sie kam aus Angers, wo sie mithilfe von Algorithmen und Rechentabellen Agronomie und Viehzucht gebüffelt hatte. Am Ende ihres Studiums der Agrartechnik konnte sie keine Gartenschere halten, ohne dass ihre Hände sich mit großen Blasen bedeckten, von der Schweinezucht kannte sie nichts anderes als das Rein-Raus-Verfahren. Beim Anblick der freilaufenden Tiere lachte sie, als wäre das eine Extravaganz ihres Halters; wie so viele andere kannte sie die natürliche Fortpflanzung nur als Notlösung, wenn es mit der Besamung nicht klappte, und eine Futterration enthielt für sie unweigerlich Sojaschrot. Aber sie hatte sich dafür entschieden, an Auréliens Seite zu arbeiten, was nach all den Studienjahren bedeutete, noch einmal von vorne zu beginnen und alles neu zu lernen. Es war ein Risiko: Viele Landwirte verlangten von ihren Partnerinnen, außerhalb des Hofes arbeiten zu gehen, um sich mit einem Job, der ihnen das Wochenende freiließ für die Stall- und Feldarbeit, ein regelmäßiges Einkommen zu sichern. Élodie bedauert ihre Kolleginnen, die als Grundschullehrerinnen arbeiten und dann ihre Abende, ihre freien Nachmittage und ihre gesamten Schulferien den Kindern und den Kälbern widmen.

Élodie hat sich in den Kopf gesetzt, ein städtisches Publikum anzulocken, um die Betriebskasse klingeln zu lassen. Sie hat die Flohmärkte der Gegend abgeklappert, um den Hofladen mit alten Milchkannen, Weizenähren, verrosteten Sicheln, Kaffeemühlen und Bügeleisen zu schmücken, auf Regalen mit chlorgebleichten Zierdeckchen. Auf der Webseite und den Prospekten des Hofes prangt ein Foto von Aurélien mit Margot, ihrer Tochter. Das hat dem Paterfamilias nicht gefallen: Eine derartige Selbstinszenierung bedeutet einzugestehen, dass man weniger als eine Minderheit ist – eher eine Anomalie in einer Welt ohne Bauern. Élodie hat eine Facebook-Seite erstellt, die sie regelmäßig mit ansprechenden kleinen Botschaften bestückt; dazu kommen kurze Videos für die verschiedenen sozialen Netzwerke, weswegen sie sich mit professionellem Videomaterial ausgestattet hat und inzwischen genauso viel Zeit am Computer verbringt wie unter den Kastanienbäumen.

Aurélien und sie sind das einzige Paar, das in Pauls Herz eine Spur von Neid aufkommen lässt. Die Ehe in ihrer heute verbreitetsten Form ist zu einer vertraglichen Bindung zwischen zwei Karrieristen geworden, eine Art privates politisches System, in dem man ständig seine persönlichen Rechte und Interessen verteidigen muss. Letztlich ist die Ehe zu einer Scheidung geworden, eine anhaltende, ausgedehnte Verhandlung über die Kunst, alles durch zwei zu teilen. Im Lauf einer solchen pragmatischen, positivistischen Verbindung, die, wie beide Parteien wissen, nur temporär sein kann, konsumiert das sogenannte Ehepaar eine ungeheure Menge an Waren, die für einen einzelnen Geldbeutel unerschwinglich wären.

Im modernen Haushalt produziert das Ehepaar nichts: Jeder bringt sein mehr oder weniger rechtmäßig auf fremdem Boden erworbenes Geld nach Hause. Das Paar mit seinen hypothetischen Kindern bezahlt den Preis der jeweiligen Beschäftigungsverhältnisse, den Preis der Jobs, die sie übernehmen, um die Rechnungen der Energielieferanten und der Verkäufer von allem möglichen Schnickschnack zur Komfortoptimierung begleichen zu können. Aber Élodie und ihr Mann sind der Beweis dafür, dass es noch wirkliche Ehepaare gibt, die sich durch ihre öffentlichen Gelübde gebunden fühlen, die ihre Hochzeit nicht als bloßes Fest oder Schauspiel erlebt haben. Aurélien und Élodie erinnern Paul an seine eigenen Eltern.

Die beiden Bauersleute haben das Gefühl, einander und ihrer Tochter zuzugehören, und sie lieben dieses Wort der Zugehörigkeit. Was sie besitzen, wird zusammengelegt, ohne irgendetwas zurückzuhalten oder zuerst zu analysieren. Sie helfen einander, ohne darüber Buch zu führen; »mein« ist niemals so mächtig wie »unser«. Diese alte Form von Ehe bildet und verfestigt sich um eine häusliche Wirtschaft herum – indem man sich voll und ganz mit einem erwählten Partner verbindet, kommt man um den Chef und dessen Bewertungsraster herum. Die aufeinander abgestimmte, gemeinschaftliche Arbeit der Eheleute bietet Unabhängigkeit und Schutz. Die Ökonomie, nach der dieser kleine Hof funktioniert, ist viel differenzierter, als es scheint; sie beruht auf verschiedensten Kenntnissen und Kompetenzen: Schreinerei, Bauhandwerk, Gartenbau, Subsistenzlandwirtschaft, Holz- und Waldwirtschaft. Paul ist hier zu Hause. Die Wände strahlen eine organische Gastfreundschaft aus.

Élodie weiß, dass sie als Verdächtige gesehen wird, wenn sie ihre Eltern oder frühere Kommilitoninnen besucht. Sie hat lange darüber nachgedacht, aber keinen Grund gefunden, warum eine Arbeit außer Haus erstrebenswerter oder verdienstvoller sein sollte als die, die sie zu Hause leistet. Über ihren Schreibtisch hat sie dieses Zitat von Jacques Ellul gepinnt:

Ich verüble es denen, die behaupten, das Bild der Frau als Mittelpunkt des Hauses, als Erzieherin künftiger Menschen und Begründerin des Heimes sei nur ein Mythos, Ausdruck einer idealisierten Gesellschaft und Zeit. Was ist denn wichtiger? Kinder bilden und ein echtes Leben für sie erschaffen oder Metro-Fahrkarten lochen?

In den Augen der Leute, die früher ein Stück ihres Lebens geteilt haben, ohne dass sie ihr in Bezug auf ihr Leben als Frau von irgendeiner Hilfe gewesen wären, ist sie Auréliens Mädchen für alles, ein wehrloses, bedenkenlos ausgenutztes Ding.

Doch sie ist nicht die Angestellte ihres Mannes; sie ist seine Partnerin: Sie kann ihr Veto einlegen, ein Projekt blockieren, jederzeit ihre Meinung äußern. Sie räumt den Schlafmangel und das Fehlen von Freizeit ein, die mit ihrer Situation einhergehen, aber sie genießt Vorteile, die unvorstellbar wären im Arbeitsverhältnis mit einem Dritten, oder noch schlimmer: *in einer Firma*.

Fast zehn Jahre lang hat es mit den Finanzen des Hofes nicht allzu schlecht ausgesehen; die zunehmende Verbreitung von Läden für lokale Erzeugnisse eröffnen neue Absatzmöglichkeiten; Bio-Supermärkte bestellen größere Mengen; die Ausflügler aus Grenoble und Lyon zeigen sich großzügig. Aber die Erde zu bestellen ist teuer; die Anpassung an neue Normen, die Kontrollen für das Bio-Siegel, die Dienste des Buchhaltungsbüros, die Kredite für das Verarbeitungslabor, die Kosten für Benzin, Heizung, Strom, Versicherungen, von denen man nicht weiß, ob sie freiwillig oder verpflichtend sind, der Angestellte, der Mechaniker, die Mitgliedschaft in der Genossenschaft, die Beiträge für die landwirtschaftliche Sozialversicherung und die Steuern, all das reduziert den Gewinn der beiden bis auf das Lebensnotwendige; in guten Jahren eine Idee mehr, genug, um Margot ihre Tanzkurse zu bezahlen, die von nichts anderem träumt, als nach Lyon zu ziehen. Für sie steht fest: Selbst, wenn sie E-Zigaretten-Verkäuferin oder Kutikula-Fräserin in einer Nagelstudiokette werden sollte, sie wird den Hof nicht übernehmen, sondern in der Stadt leben.

Ein zweites Kind kommt nicht in Frage – dafür ist das Geld zu knapp, auch wenn sie noch so sparsam wirtschaften würden. Für Élodie ist das ein merkwürdiger, unmöglicher Abschied. Jeder Monat erinnert sie daran, dass die Möglichkeit weiterbesteht, sie bräuchte nur aufzugeben und ein anderes Leben zu wählen. Und jeden Monat wagt es Élodie wieder, mit ihrem Mann darüber zu reden, dass sie aufhören könnten, umsonst zu arbeiten, damit Margot nicht alleine aufwachsen muss, um nicht mehr so viele Sorgen zu haben, nur so viele wie die anderen, die sonntags den fehlenden Schlaf nachholen. Es ist noch Zeit, näher an eine Stadt heran zu ziehen, warum nicht nach Angers, wo die Großeltern die Kinder hüten würden, wo sie ins Restaurant und ins Kino gehen könnten.

Sie liebt den Hof, aber nicht so sehr, dass sie ihm ein Kind opfern wollte. Aurélien erwidert ihr, dass jetzt alle Welt auch sonntags arbeitet. Dass die Kinos leer sind. Dass sie sich in der Stadt keine ordentliche Wohnung leisten könnten. Sie arbeiten wie Galeerensträflinge, ihre Körper sind vorzeitig verschlissen, ihre geschwollenen Glieder erholen sich nachts nie ganz, aber sie zahlen keine Miete, sie sind zu Hause – es ist ihr Land, dieses anspruchsvolle Land, auf dem sie einen linden Wind atmen und dessen Früchte sie genießen, sobald der Sommer naht. Sie essen und schlafen ein Drittel des Jahres draußen. Ihre Tochter kennt die Stimmen der Vögel. Sie ist mit einem Küken in jeder Hand aufgewachsen. Sie wird den Hof am Ende übernehmen, mit einem jungen Mann aus der Gegend oder mit Paul (ein Scherz, den dieser nicht besonders lustig findet). Was sollten sie in der Stadt anfangen? Schrauben verkaufen oder in einer Frittenbude stehen. Lieber verrecken.

Es dauert nur ein paar Sekunden, aber wenn seine Frau ihm mit solchen Ansinnen kommt, denkt Aurélien, dass er sich nicht die Richtige ausgesucht hat, dass ihr Fell nicht dick genug ist, dass er eine Frau gebraucht hätte, wie man sie nicht mehr findet. Auch die Hartgesottenste wäre nicht bereit, jeden

Tag zu arbeiten, ohne sich auch nur hin und wieder eine heiße Schokolade oder etwas Glasschmuck gönnen zu können. Keine würde es ertragen, ihr Leben in einem leeren Dorf zu verbringen, ohne eine Nachbarin, mit der sie schwatzen und bei der sie die Kinder abgeben könnte. Auréliens Vorfahrinnen waren nicht von Natur aus tapferer oder besser: Sie erlagen den Versuchungen der Stadt, dem Shopping-Trieb nur deshalb nicht, weil sie nie allein waren. Ihr Leben war arm und reich zugleich – sie mussten nichts kompensieren. Aurélien sieht die Stadt als Gefahr, auch die Kleinstadt, denn er sieht das Elend der Menschen dort, dazu verdammt, psychische Leiden zu erdulden, wie sie bisher den Menschen am äußersten Rand der Gesellschaft vorbehalten waren. Da sind ihm seine schmerzenden Kniegelenke und überstrapazierten Bänder bei Weitem lieber. Die anderen machen Tag für Tag Erfahrungen von Angst und Einsamkeit; Dissoziation und kognitive Dissonanz sind die Zeichen einer gelungenen Integration. Paul ist sein einziger Freund. Die anderen Bauern sind Regimentskameraden. Sie haben keine Zeit, einen Schnaps zu trinken.

Élodie arbeitet hart. Sie tut es mit Würde, aber Aurélien bedauert, dass sie nicht verstehen kann, was es bedeutet, wirkliche Wurzeln zu haben: Sie ist in Marseille geboren, hat als Kind in der Bretagne gelebt, als Jugendliche im Elsass, und im Anjou Abitur gemacht. Sie hat einen Bruder, der nach Japan gegangen ist und sich mit einer Einheimischen fortgepflanzt hat – ihr Neffe hat nie einen Fuß nach Frankreich gesetzt. Ihre Eltern überlegen, ob sie ihren Ruhestand am Mittelmeer oder in einer Seniorenresidenz in Marokko verbringen sollen. Das Blut in Auréliens Adern fließt auch in den Mauern seines Hofes. Es gibt darin keinen Raum, in dem sein Großvater nicht schon als Kind gespielt hat. Er selbst hat jeden Winkel darin mit dem Laufrad abgefahren. Manche Ahnen sind dort unter den Bäumen begraben; einige Grabsteine stehen noch da, oben abgerundet wie Meilensteine.

Aurélien könnte als Verkäufer in einem Bio-Supermarkt arbeiten, Paletten hin und her schieben und Gläser mit pflanzlichem Osso Buco ins Regal räumen. Er würde Steckrüben und Grünkohl in Holzkisten stapeln, für Ingenieure, die mit ihren Rucksäcken voll stolzer Lauchstangen auf ihren E-Bikes davonradeln würden. Bei der bloßen Vorstellung möchte er sich am liebsten hinlegen und sterben. Wenn man ihm den Hof pfändet, schießt er sich eine Kugel in den Kopf – nicht einmal Margot wird ihn davon abhalten. Besser krepieren als wie ein Tier auf dem Gitterrost leben. Solche Reden führt er immer öfter im Mund: Er spricht mit einer von Sehnsucht und Neugier durchzogenen Schwermut vom Tod.

Im Winter der großen Wende waren die Strompreise in die Höhe geschossen, und er hatte seine Ziegen geopfert. Es war nicht mehr möglich, den Strom für die Kühlung von Milch und Käse zu bezahlen, zusätzlich zu dem für die Maschinen zur Verarbeitung der Kastanien. Hunderte von Bauern, die Äpfel, Kartoffeln oder auch Endivien anbauten, Letztere fast nur im Norden des Landes, hatten ihre Tätigkeit aufgeben und die Früchte ihrer Arbeit in den Kartons verfaulen lassen müssen. Man hatte die Katastrophe in »Energiesuffizienz« umdeklariert und ein halbes Jahr später Äpfel aus Argentinien eingeführt. Manche hatten hunderte von Obstkisten an den Straßenrand gestellt, damit die Autofahrer sich bedienen konnten. Aber der Benzinpreis war ebenfalls explodiert, und auf manchen Landstraßen gab es kaum noch Verkehr. Ein Festschmaus für die Rabenvögel.

Als die Ziegen in den Lastwagen kletterten, der sie vierhundert Kilometer weit weg bringen würde, hatte Aurélien zum ersten Mal im Beisein seiner Tochter geweint. Das war der Moment, in dem er begriff: Er würde der Letzte sein. Seine Vorfahren hatten Angst vor Regen, Hagel, dem Schutzheiligen gehabt, aber nicht vor Börsenkursen, Abgaben und Schulden – nicht einmal vor der Polizei. Damals überlebte die Familie in schlechten Zeiten mit Wildkräutersuppen. Die natürliche Auslese war grausam, denn bei dieser Diät fingen sich schwächliche Kinder schnell etwas ein. Ihre Mütter waren unglücklich aber schicksalsergeben, aus der Not heraus aufrichtig fromm. Diese unerbittliche Auslese hatte den folgenden Generationen eine Robustheit und eine Gesundheit geschenkt, an der Margot bei jeder Spritztour in die Kreisstadt Raubbau treibt – ganz zu schweigen von der ganzen Chemie, die sie gegen ihre Akne, ihre Regelschmerzen und den Stress schluckt.

Jeden Tag tut Aurélien, was getan werden muss, und sogar noch viel mehr. Dennoch ist er es, der die Auflassungserklärung wird unterschreiben müssen; der wird sagen müssen: »ich bin hier nicht mehr zu Hause, weil es an Geld fehlt«, auch wenn er weiß, dass dieses Land seines ist, der einzige Ort auf der Welt, wo er leben kann. Alles andere erscheint ihm unwürdig.

Hierher flüchtet sich Paul nach seiner Sonntagsarbeit. Das vom Brotmesser und von Auréliens Ungeduld gezeichnete Wachstuch ist mit Nussschalen und sich windenden kleinen weißen Maden übersät. Margot ist mit ihrem Kopfhörer in ihrem Zimmer und meckert, wenn das WLAN schwächelt. Aus dem Handy von Élodie, die ebenfalls mit dem Knacken von pflanzlichen Panzern beschäftigt ist, dringen die letzten

Neuigkeiten eines Nachrichtensenders, den das Paar gerne hört, um zu wissen, was für eine Sülze sich in die Ohren ihrer Kunden ergießt. Kein Wort über den jungen Brunet, auch wenn eine Psychologin mit aufgemotztem Lebenslauf ihre Expertenmeinung über psychische Störungen und Selbstmordgedanken breitwalzt: Alles eine Frage von fehlgeleitetem Narzissmus oder Fluchtbedürfnis nach einem nichtwiedergutzumachenden Fehler.

Das mit den Herrschenden verbandelte Bürgertum macht aus einem Jungen aus der Ardèche seine Hure, und wenn die Hure sich umbringt, dann ist sie eine Mythomanin, die ihre Lügen nicht mehr aufrechterhalten kann. Hut ab, das ist große Kunst.

Der Ekel färbt Auréliens Wangen rot und verzerrt seine Mundwinkel. Auf die Psychologin folgt eine Ministerin, sie redet von einem Gesetzesentwurf zur Inobhutnahme von Kindern aus Familien, die des Separatismus verdächtigt werden, eine neue Nuance im Farbfächer des Verbrechens.

Schon witzig, sie lassen Frauen nur dann reden, wenn sie Knastaufseher spielen sollen. Sobald ich so eine im Fernsehen sehe, spüre ich, dass ich zum Macho werde, versetzt Élodie und knackt mit einem kräftigen Schlag eine harte Nuss, die noch mit der getrockneten Fruchtschale bedeckt ist.

Mama! Hör auf, so einen Quatsch zu reden!

Aurélien klopft sich die Hände an den Oberschenkeln ab. Sein verschleierter Blick täuscht niemanden, auch wenn er glauben machen möchte, dass seine Augen vom Staub der Schalenfrüchte gereizt sind.

Die Mutter Brunet ... Vor zehn Jahren hat sie den Geburtstag des Kleinen hier organisiert. Ich war damals ganz betroffen, weil nur Alte da waren. Ich glaube, der Junge hatte keinen einzigen

Freund. Er war schüchtern, hatte aber auch etwas Strahlendes. Oder vielmehr etwas Verträumtes, ja, das ist es.

Er geht in die Hocke, um einen Küchenschrank zu öffnen; sein Skelett ächzt. Er holt eine Flasche hervor, die wohl schon hundertmal gedient hat, ein gewundenes, knolliges Behältnis aus dickem, massivem Glas. Er richtet sich unter beängstigendem Gelenkknacken wieder auf und öffnet eine Schublade, aus der er drei Senfgläser nimmt, um sie bis an den Rand mit Löwenzahnwein vollzuschenken. Er hebt sein Glas und bevor er weitererzählt, trinkt er auf die Erinnerung an Enzo Brunet.

Seine Großeltern waren da, jedenfalls die, die er noch hatte, jede Menge Onkel und Tanten, ein paar Cousins, mit denen er nicht spielte. Der Junge schaute sich alles genau an. Später habe ich verstanden, warum. Er befand sich auf einem Bauernhof, und bevor sein Vater abtrat, war er auch auf einem Hof aufgewachsen. Er hat seiner Mutter sicher nichts davon gesagt, aber es muss ihn aufgewühlt haben, sich in so einer Umgebung wiederzufinden. Man konnte sehen, dass er ein lieber Junge war, der seiner Mutter nicht wehtun wollte. Aber trotzdem hat er ... ihr wisst schon ... trotzdem hat er sich entschieden, es zu tun. Ich glaube keine Sekunde lang an ihre Erklärungen. Ein Mythomane, der sich bei lebendigem Leib röstet, um sich vor seinen Lügen zu retten. Die lügen doch selbst, um ihren Nachwuchs zu beschützen. Aber wir, was können wir denn machen, um unsere Kinder zu beschützen? Außer zu arbeiten wie ein Ochse, sie in die Schule zu fahren und Taxi zu spielen, wenn sie irgendwohin wollen. Wir haben nicht die gleichen Möglichkeiten wie sie, um unsere Art zu erhalten. Wir haben nichts als unsere Fäuste, und wenn wir sie benützen, kommt die Polizei angeritten. Bis es irgendwann die Armee sein wird.

Er hat sich schon dreimal nachgeschenkt, bevor Paul zweimal an seinem Glas nippen konnte. Élodie ist näher an den Kamin herangetreten, um sich den Rücken zu wärmen. In der dunklen Stube erinnert sie mit ihrer hennaroten Mähne im flackernden Licht an eine Füchsin.

Die Mutter Brunet kam zwei- oder dreimal im Jahr vorbei, um Marmelade zu kaufen. Auch als sie schon krank war. Schon verrückt. Wir kannten uns nicht weiter, aber es war doch eine Verbindung.

Paul versteht, was er meint. Vor ein paar Jahren ist die Concierge des Hauses seiner Eltern weggezogen, und sie waren untröstlich. Dabei hatten sie keinen anderen Umgang mit ihr gehabt, als dass sie sich grüßten, wenn sie sie sahen. Ihren Neujahrsumschlag steckten sie ihr in den Briefkasten. Das bedeutet es wohl, sich als ein Volk zu fühlen. Sich regelmäßig begegnen, zusammen Sachen machen, nützliche, wesentliche, grundlegende Sachen, und dabei spüren, dass man ähnliche Wünsche und Sorgen hat. Enzo Brunet war ein Kind des Volks von Paul und Aurélien – aber in den Augen seiner Peiniger war es moralisch nicht verwerflicher, sich an ihm zu vergreifen, als einen Hund zu prügeln.

Im Raum herrscht Betretenheit. Sie fühlen sich ohnmächtig, kastriert. Es gibt niemanden, den sie hängen könnten, um ihre Toten zu rächen. Da es keine Vergeltung geben wird, ist die letztmögliche heroische Tat, ihr Andenken zu ehren. Paul bietet an, was er kann: Mit dem Auto nach Paris zu fahren, um an der Stelle, wo noch keine Seifenlauge die verkohlten Spuren auf dem Pflaster wegwaschen konnte, Blumen niederzulegen. Aurélien erklärt sich einverstanden. Einmal hin und wieder zurück.

6

Die Präsidentin hat sich das Video der Witwe Brunet nicht angeschaut. Sie kann es sich vorstellen: Eine übergewichtige Frau, die den Konjunktiv nicht beherrscht, in einer engen, von schlechtem Geschmack verschandelten Wohnung. Dann zeigt die Alte mit den geplatzten Äderchen um die Nase Fotos ihres kleinen Engels in der Schule: Topfschnitt, gewöhnliches Gesicht, schäbige Klamotten, ein knochiger, x-beiniger Junge, der zwischen einem Klassenzimmer mit Vliestapete an den Wänden und einer nach Moder und Schweiß riechenden Turnhalle hin und her wechselt. Die Mittwochnachmittage verbringt er im Freizeitzentrum oder vor dem Fernseher, eine normale Kindheit in einer fünftklassigen Schule. Sie hat nichts gegen diese Leute, aber warum sollte sie sich das antun? Alles, was sie für sie getan hat, für ihre Kaufkraft, für ihre Würde, hat ihr nichts als Streiks, derbe Karikaturen, obszöne Gerüchte und behindertenfeindliche Bemerkungen über ihre künstliche Hüfte eingetragen. Der Junge ist tot, das ist ein Jammer. Niemand hat ihn gedrängt. Es war seine Wahl.

Die Präsidentin glaubt an die individuelle Verantwortung. Sie ist Steinbock mit Aszendent Widder. In der chinesischen Medizin ist ihr Grundelement das Holz. Im Ayurveda ist sie Pitta. Durch Achtsamkeitsmeditation und positives Denken optimiert sie ihre kognitiven Fähigkeiten, um sich auf den langen Weg derer zu begeben, die sich großen Herausforderungen stellen wollen. Durch Autosuggestion behandelt sie sich selbst und erhält ihren Körper frisch und fit. Sie ist davon überzeugt, dass die Wissenschaftler eines Tages ein Mittel gegen den Tod finden werden, dass die Wissenschaften, Technologie, Biologie und Neurologie die Felder der Zukunft sind, die Gebiete, in die man alles investieren muss. Den schmerzverliebten, verstaubten Monotheismen, auf denen Schicksal und Transzendenz beruhen, zieht sie die Weisheiten des Fernen Ostens und den Weg der Götter vor. Die Elite der Menschheit besteht aus denen, die durch die Kraft ihres Willens die Wirklichkeit verbiegen, um eine neue hervorzubringen. Diese Fähigkeit ist nicht jedem gegeben. Doch sie wusste, seit sie laufen lernte, dass sie dazu berufen war, ihren eigenen Weg zu gehen.

Was hatte sie geerbt? Ein verschuldetes, rückständiges, archaisches Land mit einer Verwaltung, die sich gern allem und jedem widersetzte, einen Staat, gefesselt von Beamten, sicher, am Ende des Monats trotz all ihrer Unfähigkeit und Faulheit bezahlt zu werden, Millionen Bürger, die dank der sozialen Mindestsicherung zu Hause blieben und sich weigerten zu arbeiten. Die Touristen lachten hämisch, wenn sie Geschäfte sahen, die um 21 Uhr schlossen. Das Gaukelbild der Gleichheit, den dunkelsten Stunden des Kommunismus entsprungen, erstickte das Ideal der Freiheit. Sie hatte es verstanden, dem Land die Lust einzuhauchen, wieder auf die Beine zu kommen, zu unternehmen, die kühnen Träume wahrzumachen, die unter der Last der Mutlosigkeit begraben gewesen waren. Sie hatte der Republik eine weibliche Stimme verliehen – sie hatte die *Marseillaise* durch eine Übersetzung der *Ode an die Freude* ersetzt. Sie hatte durch steuerliche Vergünstigungen für die ersten beiden Jahre Unternehmensgründungen gefördert, Staatshilfen für die innovativen Start-ups der Hightechbranche bereitgestellt, Kosten eingespart durch die

Einstellung staatlicher Dienste, die zu viel Verlust machten, mithilfe von Wirtschaftsprüfungsgesellschaften den öffentlichen Dienst reformiert, die soziale Segregation beendet, indem sie die Vorbereitungsklassen für die Elitehochschulen durch Privatkurse ersetzte.

Sie hatte ein Dutzend Drogen legalisiert, um die Konsumenten vor der Repression zu schützen, die illegalen Handelsnetze zu zerschlagen, Geld in die Kassen fließen zu lassen und sich an die Praktiken der Nachbarstaaten anzupassen. Diese Drogen waren jetzt in allen Lebensmittelläden, Supermärkten und Zigarettenläden frei verkäuflich, doch die Verantwortung für den rasanten Anstieg der Zahl der Abhängigen, besonders bei den Minderjährigen, lehnte sie entschieden ab. Diese Verantwortung lag voll und ganz bei den Eltern, daher gab es jetzt vor der Geburt des ersten Kindes einen Kurs zur Vorbereitung auf die Elternschaft, durchgeführt von Privatanbietern. Bei jeder weiteren Schwangerschaft folgen obligatorische Auffrischungsmodule. Bedürftigen Frauen hat die Präsidentin erlaubt, Dienstleistungen im erotisch-sexuellen Bereich anzubieten, bei sich zu Hause oder in Coworking-Zentren, mit Eintrag ins Handelsregister. Es gibt nunmehr Stundenhotels, die als »Hedonismushäuser« bezeichnet werden und deren Management voll und ganz in den Händen ihrer Betreiber liegt. Letztere können ihre Stellenanzeigen auf der Webseite des Arbeitsamts veröffentlichen. Diese Entwicklung war Gegenstand einer von vielen fruchtlosen Kontroversen, da arbeitslose Frauen am Ende ihrer Anspruchsberechtigung auf staatliche Beihilfe nach dem dritten abgelehnten Jobangebot nunmehr zwangsweise ins Bordell geschickt werden.

Die Franzosen sind allzu lange davon ausgegangen, dass

der Staat alle Pflichten übernimmt und nur Rechte vergibt. Wozu war sie gewählt worden? Um Ordnung in die Geschäfte zu bringen. Es ist nicht Aufgabe des Staates, Post auszutragen, Kröten zu schützen, Verletzte zu versorgen und Säuglinge zu wickeln. Das hat sie von ihren studentischen Lektüren im Kopf behalten: Im Off spricht sie vom *Leviathan*, nicht vom Staat. Sie ist sehr stolz auf ihre Bildung, die sie sich in ihren Vorbereitungsklassen für die Wirtschafts- und Handelseliteschule hat erarbeiten müssen. Der Staat kümmert sich um den Haushalt, verteidigt auf diplomatischer Ebene die nationalen Interessen, fördert ausländische Investitionen. Das ist das Gerüst. Im Alltag geht es vorrangig um Steuerfragen, um Geopolitik, um die Ablösung von vorsintflutlichen Behörden durch private Sozialpartner. Deren Ziel besteht darin, sich selbst zu tragen oder sogar Überschüsse zu erwirtschaften – es ist kein bloßer Eindruck, sondern eine *objektive*, *faktische* Evidenz, dass private Akteure besser zu wirtschaften verstehen als die anderen. Man hat sie als *Ideologin* beschimpft. Sie glaubt einfach an das, was ihr richtig erscheint. Sagt man von jemandem, der an Gott glaubt und entsprechend handelt, dass er ein *Ideologe* ist? Sie hat das früher getan, ja. Sie entstammt einer Generation, für die der Atheismus ein Kampf, ja eine Doktrin war, auch wenn sie gelernt hat, darüber zu schweigen. Für sie ist alles konkret, mechanisch, korrigierbar, überwindbar.

Man hat ihr nachgesagt, sie hasse die Franzosen. Das ist nicht wahr. Aber sie weiß, dass manche ihren Lebensstil werden ändern müssen, ob es ihnen gefällt oder nicht. Wenn sie sich nicht anpassen, sich stur stellen, sich dem Fortschritt verweigern, dann werden sie von der Geschichte selbst hinweggefegt werden, so wie es immer allen ergangen ist, die sich nicht rechtzeitig angepasst haben. Sie und ihresgleichen stellen die ersten Vertreter einer höher entwickelten Art dar – die anderen sind die Schimpansen der Zukunft. So wie man einen Baum auslichtet, wie man Unkraut ausreißt, wie die Gebärmutter die Embryonen ausstößt, die nicht lebensfähig sind, so entledigt sich die Gesellschaft derer, die mit der Entwicklung nicht Schritt halten. Sie ist nichts anderes als Darwins unsichtbare Hand. Sie stützt sich auf die Neurowissenschaften, Modellrechnungen, mit Zahlen unterlegte Prognosen und auf Unternehmen, die auf dem Gebiet maßgebend sind. Könige hatten Berater, warum sollte sie keine Dienstleister bemühen, die ihr mithilfe der Mathematik die besten, verlässlichsten und sachlichsten Ratschläge der Welt geben können? Effizientes Handeln erfordert Mut und Beharrlichkeit. Sie verachtet ihre Vorgänger, die sich vom Volkszorn und der Bitterkeit der breiten Masse haben aufhalten lassen – sie waren feige.

Es waren Männer; sie wollten es der großen Mehrheit recht machen. Sie dagegen ist von einer Sendung erfüllt.

Frankreich hat vor Amerika eine Präsidentin gewählt. Daran denkt sie jeden 14. Juli bei der Militärparade, wenn die Uniformen an ihr vorbeiziehen. Sie will die Jugend mobilisieren, das Potenzial dieses Landes realisieren – seine Fläche beträgt nur ein Zwanzigstel der Vereinigten Staaten, weist aber im Verhältnis doppelt so viele Milliardäre auf. Im Lauf der zehn letzten Jahre, denn sie befindet sich am Ende ihrer zweiten Amtszeit (aber sie hat ihr letztes Wort noch nicht gesprochen), ist ihre Zahl stärker gestiegen als unter allen früheren Präsidenten. Die Brunet-Affäre ist keine Affäre, sondern eine bloße vermischte Meldung – wäre er anderswo gestorben, hätte man es ihr nicht einmal gemeldet. Man behelligt sie nur deshalb damit, weil er mit der Nationalversammlung ein starkes Symbol gewählt hat. Und die Sache mit den Namen ... Im ersten Moment hat sie Angst bekommen. Nur ein paar Augenblicke. Schlechtes Gefühlsmanagement. Es kann nur Bluff gewesen sein, das Bedürfnis, bei seinem Abgang andere Leben mitzureißen, wie diese Terroristen, die sich in Schulen in die Luft sprengen. Ein Loser, der es nicht ertragen konnte, dass andere Leute seines Alters Lichtjahre entfernt sind von seiner gescheiterten Existenz.

Ihre Armbanduhr vibriert. Die Innenministerin meldet, dass sie gleich im grünen Salon eintreffen wird. Als sie eintritt, wirkt sie mitgenommen und gebeugt, als habe ihr eine unbekannte Macht mit der Faust in die Brust geschlagen. *Madame la Présidente ...*

Das Handy des jungen Bergé-Lefranc ist gehackt worden. Man weiß noch nicht von wem. Vor etwa fünf Minuten ist ein Video des jungen Brunet im Internet aufgetaucht. Es zeigt in aller Deutlichkeit die Vergewaltigung eines etwa zwanzigjährigen Mannes und mehrere Gesichter. *Sie können sich denken, welche.* Die Polizei muss sofort in Einsatzbereitschaft versetzt werden, es drohen Krawalle vor der Nationalversammlung.

Fuck.

7

Während Aurélien und Paul vor ihrem Aufbruch ein paar Sachen zusammensuchen, hört Sabrina zum ersten Mal wieder Linas Stimme, seit sie am Freitag nach der Schule gegangen ist. Es ist spät; normalerweise hat Nicolas sie um diese Uhrzeit schon seit drei Stunden zurückgebracht und sie schläft. Aber diesmal meldet sich die Kleine nur, um Bescheid zu sagen, dass sie nicht nach Hause kommt. Sie möchte die kommende Woche bei ihrem Vater bleiben. Sie hat ihre Schulsachen, ein Zimmer, einen Schreibtisch, einen Schrank mit hübschen Klamotten; sie wird hinten auf dem Lastenfahrrad mitfahren können und sich an die Schutzstangen klammern, wenn es zu schnell um die Ecken geht. Sabrina hat dazu nichts zu sagen; sie hat Angst, ihre Tochter zu vergraulen, sie zu verlieren, dem anderen Lager Punkte zu schenken.

Sabrina hatte Nicolas kurz nach Antritt ihrer ersten Stelle kennengelernt. Sie erinnert sich nicht mehr recht, die Anfangszeit ist für sie bedeutungslos – für sie hat alles mit der Hochzeit begonnen. Es muss auf einer Feier mit den anderen Referendaren ihres Jahrgangs gewesen sein. Sehr wahrscheinlich hat Nicolas sie nicht mit seiner Konversation geblendet, sondern eine banale, abgedroschene Floskel an sie gerichtet; und er stellte sofort klar, dass er als Einziger im Raum kein Lehrer war.

Sie hatte schon immer eine Schwäche für große, etwas beleibte Tollpatsche gehabt; sie mochte gebildete, schüchterne Jungs; sie suchte einen verantwortungsbewussten Mann, um mit ihm einen gesunden, stabilen Alltag zu teilen. Sie hatte an der Uni ein bisschen herumexperimentiert, weil das dazuzugehören schien (es hatte ihr nicht besonders gefallen). Nicolas war noch nicht lange in Paris; er hatte in Straßburg studiert. An dem Abend, an dem sie sich kennenlernten, trug er eine originelle Brille, die überhaupt nicht zu seiner Gesichtsform passte. Dieses Detail war ihr aufgefallen.

Sabrina brauchte tatsächlich jemanden aus der Provinz. Ein waschechter Pariser hätte Algerien ebenso verachtet wie das Département Seine-et-Marne. Sie bildeten ein vernünftiges Gespann, ein solides Team, nach dem Bild dieser Ehepaare, die gemeinsam ein Geschäft führen und sicher sind, dass sie trotz der Langeweile zusammenbleiben werden. Sie hatten in der Kirche geheiratet, in der Moselle; die kirchliche Hochzeit war Sabrinas Idee gewesen, und dass Nicolas einen Fuß in die Moschee setzte, kam nie in Frage. In Paris waren sie in eine Zweizimmerwohnung in Belleville gezogen. Sabrina sprach davon, in Chelles oder in Melun etwas zu kaufen, für die Kinder. Sie würde drei bekommen, wie ihre Mutter. Sie konnte sich nicht vorstellen, einen Jungen großzuziehen.

Nicolas zuckte mit den Schultern; er wollte nur ein Kind, und nicht zu schnell, um in Paris zu bleiben, wo er vorhatte, sich einen Namen zu machen; er wollte erst eine Grafikagentur aufmachen, dann noch eine, bis er einem ganzen Netzwerk vorstehen würde, das sich bis in die französische Provinz und ins Ausland ausbreiten würde: von Wallonien bis in den Kanton Waadt. Er würde in seiner alten Uni als Beispiel angeführt werden. Das Unternehmertum war die Zukunft – das sagte er mit einem kleinen Lächeln, das seine Grübchen betonte und seine vergissmeinnichtblauen Augen strahlen ließ.

Mit ihrer Heirat hatte Sabrina in den Gesprächen ihrer Eltern einen Platz gefunden; in deren Augen war Grundschullehrerin noch ein sozialer Aufstieg. Sie erwartete ein Kind. Es war ein Mädchen. Nicolas wollte es Mathilde nennen. Da wurde es Sabrina zum ersten Mal seit Beginn ihrer Schwangerschaft schlecht. Ihr war ihr nordafrikanisches Heimatdorf herzlich egal, aber umgekehrt war das nicht der Fall; im Dorf war sie für die jungen Mädchen ein Vorbild. Sie hatte studiert, geheiratet und erwartete ein Kind; alles war korrekt und bescheiden. Man hatte das Hochzeitsdatum leicht frisieren müssen, um zu verschleiern, dass sie mit einem Bauch auf dem Standesamt erschienen war. Man hatte gesagt, die Ehe sei bei ihren Eltern von einem Imam geschlossen worden. Es hieß »in Paris«, nie »in Meaux«; und so hatte man sich eine Braut im Melhfa-Chaoui-Kleid unter dem Eiffelturm vorgestellt; die jungen Mädchen waren hingerissen.

Sie selbst hatte nichts dagegen, ihre Tochter Mathilde zu nennen, aber es würde ihre Eltern in Verlegenheit bringen; dazu konnte sie sich nicht durchringen. Nicolas gab nach; Sabrina zermarterte sich das Hirn: Lina. Ein Vorname, der nicht französisch klang, aber als italienisch durchgehen konnte, ein nichtislamischer Name, der niemandem Angst machen würde. In den Vogesen gerieten die Schwiegereltern in Panik; sie hörten in Lina das Kopftuch, die Zwangsehe, das Beten im Jilbab und den Ramadan; Nicolas' Mutter bekam regelrechte Angstzustände bei der Vorstellung an das Los, das ihr einziges Enkelkind erwartete. Im Dorf dagegen wurde der Vorname achselzuckend aufgenommen; man hielt mit der Enttäuschung nicht hinterm Berg: Zehn Jahre zuvor hatte es viele kleine Linas gegeben, und der Name, der Palme bedeutete, war etwas aus der Mode gekommen. In der Familie zog man klassische Vornamen vor und hatte eine kleine Khadija erwartet, nach der alten Tante, die im vorigen Jahr gestorben war.

Zwei Jahre nach Linas Geburt war Nicolas wie verwandelt. Er hatte abgenommen, nachdem er Zucker und tierische Lebensmittel von seinem Speiseplan gestrichen hatte; er aß bio, alleine, da er es sich für drei nicht leisten konnte. Er fastete regelmäßig, was ihn reizbarer machte denn je, er ging morgens mit kleinen Hanteln und einer Smartwatch joggen, bevor er sich an die Arbeit machte. Er trug eine Brille mit Holzfassung, die seinem neuen Gesicht schmeichelte; an die Finger steckte er sich zarte, aber männliche Ringe, inspiriert vom Schmuck ferner Berg- oder Saharavölker.

Wenn er von Sabrina sprach, war er stolz zu sagen, dass sie nicht ganz Französin war und dass sie eine *multiethnische* Tochter hatten. Sie waren nie in Biskra gewesen, nicht einmal in Algier, aber die Vorstellung, dort Fotos zu machen, reizte ihn bisweilen; Algerien war als Reiseziel nicht in Mode – man fand dort sicher noch alte Bauern mit schwieligen Händen, Rotznasen mit aufgeschürften Knien, Mystiker, die ihre Gebetsketten durch die Finger laufen ließen, alles, was er in der Mosele hasste. Das würde in Unterhaltungen etwas hermachen, Algerien zu kennen statt Marokko oder Tunesien. Er hätte damit angeben können, *die ausgetretenen Pfade zu verlassen*, an das Authentische zu rühren, der Cartier-Bresson von Biskra zu sein, in der Liga der *happy few* mitzuspielen.

Er steckte sich gern zwei Ringe an einen Finger, mit genau kalkuliertem Abstand dazwischen; er wechselte seinen Schmuck jeden Tag, passend zu seinen Outfits im Londoner Stil. Sabrina bezahlte mit ihrem Gehalt die Rechnungen, für die er nach seinen Ausflügen ins Kaufhaus BHV kein Geld mehr übrig hatte. Er versicherte ihr, dass die Textilien eine

Investition waren, dass er für seine Kunden etwas darstellen musste, für jeden, der eines Tages etwas bei ihm bestellen könnte; folglich konnte er sich in Bezug auf seine Erscheinung nie entspannen, denn er ging vom Prinzip aus, dass jeder Normalverbraucher, der im Parc des Buttes-Chaumont seinen Hund ausführte, potentiell seine Dienste in Anspruch nehmen konnte. Sein Talent wurde noch unterschätzt, und in der angelsächsischen Welt, in China oder in Dubai wüsste man ihn nach seinem wahren Wert zu beurteilen.

Er verteilte seine Visitenkarten so freizügig, dass es Sabrina peinlich war; jedes Mal, wenn sie als Familie unterwegs waren, hatte sie das Gefühl, am Pranger zu stehen. Er war in einer ewigen Suche nach Anerkennung gefangen und verbrachte deshalb seine gesamte Freizeit im Internet, um in den sozialen Netzwerken Präsenz zu markieren, mittels empörter Posts über strukturellen Rassismus (die Erwähnung seiner Frau und ihrer gemeinsamen Tochter, die in ein faschistoides Umfeld hineingeboren war, war ihm dabei von großem Nutzen) oder hintersinniger Scherze, die durch ihr angestaubtes Vokabular auffielen.

Er, der nie las, hatte sich dicke Bücher über Etymologie, gepflegten Sprachgebrauch und Wortschatz zugelegt, um in seinem dematerialisierten zweiten Leben zu glänzen. Er unterschied diese Parallelexistenz immer weniger von seinem stofflichen Leben. Manchmal zeigte er Sabrina seinen Bildschirm, damit sie sah, dass an die fünfzig Personen auf einen seiner Kommentare reagiert hatten, und er strahlte dann vor einer reinen Freude, wie seine Frau sie nicht einmal am Tag von Linas Geburt an ihm gesehen hatte.

Nicolas flirtete mit allem, was nicht bei drei auf den Bäumen war. Er ließ sich bei einem Barbier im Marais den Schädel rasieren und den Bart stutzen; er ging nicht mehr ohne Schiebermütze oder Filzhut aus dem Haus. Während er die sozialen und modischen Codes des professionellen Milieus, von dem er besessen war, mehr und mehr übernahm, wurde seine Konversation, die noch nie besonders tiefschürfend gewesen war, immer dünner. Sie bildeten bald nur noch ein unharmonisches, ungleiches, unglückliches Paar. Sie konnte nicht mithalten. Er strampelte sich ab, aber sie verstand nicht einmal recht, wonach er eigentlich strebte. Sie ahnte, in welchem Viertel er gerne leben würde, was für eine Sorte von Leuten er gerne an seinem Tisch gesehen hätte, was für Ferien er sich gerne gönnen würde, aber ihr war nicht ganz klar, wie er das alles anstellen wollte.

Sie dachte daran, ihm noch ein Kind anzuhängen. Als habe er Lunte gerochen, passte er fortan auf. Sie machte Lina zum Zentrum, zum Sinn ihres Lebens; sie mochte ihren Beruf noch und fiel nie aus ihrer Rolle als Pädagogin; das kam der Kleinen zugute, die aufgeweckt und umgänglich war. Sie bildeten zusammen eine geschlossene Einheit, ein zusammengeschweißtes Duo gegenüber der ganzen Welt. Sie verbrachte die Wochenenden bei ihren Eltern. Sie vergaß den Namen ihrer Schwiegermutter, den Namen des Kaffs, in dem Nicolas aufgewachsen war – er selbst hatte damit auch nicht viel am Hut. Eines Tages räumte sie das Hochzeitsfoto weg, das im Wohnzimmer thronte; er bemerkte es nicht einmal. Bald verschwand Nicolas' Trauring von seinem Finger und wurde durch weltlichen Schmuck ersetzt. Ihre Verbindung war jedoch noch zu frisch, das Kind noch viel zu klein, um zu kapitulieren.

Veränderten sich die Menschen denn so schnell, gewiegt von ihren Illusionen und dem Walzer ihrer Maroten? Ihr Vater war nicht so viel anders als derjenige, der er gewesen war, als ihre Mutter ihn geheiratet hatte – auch wenn sie damals beide sehr jung gewesen waren. Für Aïcha war die Ehe die Garantie dafür, mit ihren Kindern vor den Unbilden des Lebens geschützt zu sein – in Algerien wurden die Leber und das Kind mit demselben Wort bezeichnet. Der Mann war so wichtig wie die Pflichten, die er erfüllte. Er trug eine so große Verantwortung, dass man nicht von ihm verlangen konnte, dazu noch ein Partner wie aus einer Fernsehserie zu sein. Die Freude, das Lachen, die Liebe, all das holte man sich bei den Kindern, den Eltern, den Schwestern, Cousinen, Freundinnen, Nachbarinnen; der Ehemann war nur ein Element in einer aufgefächerten Rosette. Die Familie war weitläufig und wurde großzügig gefasst. In Frankreich war das Paar ein Selbstzweck, eine Obsession, und die algerischen Frauen, die man nur unterwürfig und mit Kindern beladen sah, beäugten die Französinnen, die ewig von ihrem Typ redeten und herumheulten, wie die Verrückten auf dem Dorf, die unzusammenhängende Reden führten.

Nicolas hatte nur ihr zuliebe geheiratet. Es mangelte ihm damals an Format und an Ehrgeiz. Ohne Kinder zu zweit zu leben, erschien ihm nunmehr verlockend; er beneidete die Paare, die je nach den aktuellen Bahnangeboten einfach spontan verreisten; er hielt mit seinem Neid auf diejenigen, die beträchtliche Summen in Restaurants und Cafés ausgaben, nicht mehr hinterm Berg. Er redete jetzt von Spiritualität, wenn Sabrina davon sprach, Lina im Geist des Islams erziehen zu wollen. Sie fragte ihn dann, was er mit dieser Spiritualität meinte: ein Gebräu aus Buddhismus und Online-Videos, inneres Licht, individuelle Freiheit und Egoismus als Tugend. Er redete von Meditation, auch wenn er keine zehn Minuten stillsitzen konnte, ohne etwas zu tun; er sprach mit der Kleinen

Englisch, um sie zu fördern, fand aber nie die Zeit, ihr eine Geschichte vorzulesen. Wenn etwas nicht klappte, sagte er, das Universum sende ihm damit eine Botschaft. Wenn Sabrina Themen ansprach, die ihm nicht passten, verweigerte er das Gespräch und sagte, er versuche sich zu schützen und zu Hause keine negativen Schwingungen zuzulassen.

Sabrina hatte eine Weile gebraucht, um zu begreifen, dass das organisierte, funktionale und beständige Familienleben ihrer Eltern für ihn inzwischen ein Schreckbild darstellte. Das, wovon sie träumte, war der Alptraum der Männer ihrer Generation. Weil diese Vorstellung ihr unerträglich war, zog sie es vor zu denken, dass es ihre Schuld war, dass sie nur an sich zu arbeiten bräuchte, um die Situation zu verbessern. Sie ging zu einem Psychologen, der ihr etwas von unbewussten Mustern und Selbstsabotage erzählte – letztlich, dass sie alles in allem *das Leben hatte, das sie verdiente*. In einer Spiritualitätsgruppe, die sich über eine Dating-Seite für Freundschaften im Internet gebildet hatte, sagte man ihr, das Gesetz der Anziehung bestehe darin, Positives zu säen, um Positives zu ernten – was so viel hieß, dass diejenigen, die in der Scheiße saßen, selber schuld waren.

Nicolas begann, zweimal in der Woche abends auszugehen und erst frühmorgens nach Hause zu kommen, so erschöpft, dass er nicht einmal hörte, wenn die Kleine nach ihm rief; Sabrina stand auf, um sie anzuziehen, zu frisieren und ihr Frühstück zu machen. Schließlich rückte er damit heraus, dass Lina, auch wenn er sie liebte, seiner persönlichen Entfaltung im Weg stand. Er sagte, er habe das Bedürfnis, Leute um sich zu haben, zu Hause zu arbeiten sei unmöglich zu ertragen. Man hätte nicht sagen können, was er überhaupt in der Lage war auszuhalten. Er war ein Einzelkind aus der Provinz, das immer genug Platz gehabt hatte und bei Tisch reden durfte – ein von seiner besorgten Mutter, die aus Prinzip jede Frau hasste, die sich ihm näherte, verwöhnter Hosenscheißer. Seine Eltern waren keine reichen Leute, aber sie waren zu Opfern bereit gewesen, um ihm all die Studienjahre zu bezahlen, die er gebraucht hatte – einige davon doppelt.

Sabrina hatte es sich nicht erlaubt, sich Zeit zu nehmen. Sie war die Einzige unter ihren Geschwistern, die studierte, unter Hochdruck, denn sie hatte es eilig, unabhängig zu werden, ihren Eltern nicht mehr zur Last zu fallen. Nicolas war fern von Paris aufgewachsen, hatte es jedoch zum Pariser gebracht. Fast ein Jahr lang, bis Lina in die Vorschule kam, verschloss sie die Augen vor all den Abenden, an denen er nicht da war, vor den zurückgewiesenen Avancen, der Abwehr, wenn sie sich an ihn schmiegte. Dann hatte sie ihn eines Abends nach dem Namen der anderen Frau gefragt. Chloé, hatte er geantwortet. Das war alles. Chloé. Sobald der Name ausgesprochen war, dachte er nicht mehr daran, doch Sabrina sagte ihn sich immer wieder vor, als enthielte er alle Geheimnisse des Universums. Sie stellte sich eine Frau mit einer guten Figur vor, mit einem engelsgleichen Gesicht und einem sexuellen Appetit ohnegleichen; eine Frau, nach der man sich umdrehte, die reihenweise Ehen zerstörte. Sie litt unter unerträglichen Bauchschmerzen; sie beherrschte sich, um nicht vor ihrer Klasse in Tränen auszubrechen. Sie brachte Stunden damit zu, die verschiedenen Accounts zu durchforsten, die Nicolas im Internet erstellt hatte, auf der Suche nach einem Gesicht, einer Visage, die sie hassen könnte.

Ganz klar hätte sie lieber ein Bein verloren als das erleben zu müssen: Verleugnung, Abkehr, tödliches Ende einer Liebe, in dem ein Schulterzucken den Gipfel der Grausamkeit darstellte. Chloé. Sie trank ihren Kaffee und dachte, dass Chloé den ihren aus einer schönen Tasse trank, in kleinen Schlucken, ohne dass je ein Tropfen in ihrem Mundwinkel hängen blieb. Sie konnte mit geschminktem Mund trinken, ohne dass Lippenstiftspuren das Porzellan befleckten. Chloé war nicht menschlich. Chloé war besser als sie. Chloé und Sabrina gehörten nicht zur gleichen Sorte von Frauen.

Aus Liebe zu Lina setzte Sabrina darauf, dass die Geschichte ein Strohfeuer bleiben würde, und wählte die Geduld. Ihre Mutter hatte es ihr gesagt: Die Männer können nicht stillhalten, aber sie kommen immer wieder angekrochen. Was ihre Mutter jedoch nicht wusste, war, dass die Männer nicht mehr die gleichen waren. Nicolas fasste Sabrinas Schweigen als Freibrief auf. Er verschwand eine ganze Woche, ohne ein Lebenszeichen von sich zu geben; abends sah Sabrina, dass er nachmittags vorbeigekommen war, um schmutzige Wäsche abzuladen und ein paar Sachen zu holen. Die Kontoauszüge verrieten wahnwitzige Ausgaben in einem Spa und in einem koreanischen Restaurant. Sie war zur Wäscherin ihres Mannes geworden. Sie war bereit, ihm eine Ménage-à-trois vorzuschlagen, unter der Bedingung, dass sie die Einzige bliebe, die ihm Kinder schenkte. Sie wartete verzweifelt auf ihr zweites. Nicolas existierte nicht mehr wirklich, aber sie wollte, dass er seine Rolle spielte: Besamer und Beitragszahler für den Haushalt. Eine Bigamie im alten Stil.

Er kam zu ihr zurück, leidenschaftlich und aufreizend. Er sprach von Polyamorie, von Offenheit. Er musste sich angesichts der Geduld, der Toleranz und der Ergebenheit seiner Frau allmächtig gefühlt haben. Er saß am längeren Hebel; so sahen er und mit ihm alle anderen das Spiel der intersubjektiven Beziehungen: als ewigen Kampf. Sie ließ ihn gewähren, doch in der entscheidenden Sekunde zog er sich zurück und beschmutzte die Bettwäsche. Sie verfluchte ihn mit einer dumpfen Wut, die er im Dunkeln wahrnehmen musste. Sie spürte, wie er erschauerte. Als er dann einmal bei Tisch Chloé erwähnte, ohne mit der Wimper zu zucken, ohne zu erröten, wurde ihr klar, dass die Situation nicht länger zu ertragen war, dass sie dabei schlicht und ergreifend draufgehen würde.

Sie warf ihm ihren Teller an den Kopf und beschimpfte ihn aufs Wüsteste. Für ihn war es das. Für den Rest seines Lebens würde es bei dieser Version bleiben, das war es, was er Lina sagen würde, wenn sie größer wäre, das war es, was er mit dem Vibrato eines Kriegsflüchtlings seinen Eltern erzählen würde: Sabrina war komplett verrückt. Er verließ die Wohnung und beauftragte eine Umzugsfirma, um nicht mehr zurückkommen zu müssen. Sabrina ließ ihn voller Groll, aber ohne Beschwörungen ziehen; es war sinnlos, ihn mit Konventionen unter Druck zu setzen, um ihn zurückzuhalten, konnte dabei doch nichts anderes herauskommen als ein unterschwelliger Krieg, unterbrochen von quälenden Geschlechtsakten aus bloßer Barmherzigkeit. Die Tage folgten schal und trostlos aufeinander. Die Liebe kennt kein Alter, hatte man ihr gesagt; doch für sie war alles gelaufen.

Dann kamen, da sie ein Kind hatte, die schiefen Blicke, die ungeschickten Ausflüchte, um sich nach dem Akt aus dem Staub zu machen; verheiratete Typen, in weitaus fortgeschritteneren Alter als sie, gaben ihr zu verstehen, dass sie alt war, und redeten von ihrer Tochter, als wäre sie eine Last, der Beweis, dass sie nur noch eine Frau aus zweiter Hand, ein gebrauchter Körper war, gerade gut genug, um Druck abzulassen. Sie hatte sich schon gedacht, dass Nicolas sich eines Tages nach anderen Freuden, anderen Kurven und anderen engen

Höhlen umschauen würde, aber nicht so schnell, nicht gleich, nachdem er Vater geworden und in Panik geraten war. Sie bekam keine Luft mehr. Mit nicht einmal dreißig trauerte sie der Zeit nach, als sie zwanzig war. Sie hatte sich ihre Tochter sehnlichst gewünscht; und jetzt war ihr dieses kleine Wesen eine solche Last, dass sie es kaum erwarten konnte, es endlich größer werden zu sehen. Sie führte Selbstgespräche und redete sich ein, dass das gut für Lina war, dass sie die Stimme ihrer Mutter hören musste, um gut zu wachsen, dass es ihren Wortschatz nähren würde. Nachdem Nicolas gegangen war, fand sie sich mit einem stummen, schmuddeligen Kind wieder. Und als Sabrina eines Tages auf eine schlecht durchdachte Verpackung schimpfte, während das Kind schlief, sah sie sich auf einmal, wie sie war: Eine junge Mutter, so einsam wie eine alte Frau, eine Grundschullehrerin, die in den Schulferien tagelang keinem einzigen Menschen begegnete, die ins Leere redete, um der Stille zu entfliehen, und die Tage zählte, die sie vom Wiedersehen mit ihrer Klasse trennten.

Bis heute leidet sie darunter, so weit von ihrer Familie entfernt zu leben. Ihre Brüder haben keine Zeit, sie anzurufen. Ihre Eltern fehlen ihr schrecklich. Der Islam fehlt ihr. Eine Kultur zu haben fehlt ihr. Der Islam, das war die Freude der Familientreffen mit allen Cousins und Cousinen, des Opferfests in der Heimat – der Duft des Wunderbaren, der versäumten Freuden. Sie fühlt sich gegenüber ihren Brüdern, deren Kinder mit beiden Eltern aufwachsen, als Versagerin. Sie schämt sich für ihre Scheidung. Sie hat wieder einmal versucht, den Koran zu lesen; der Text, der sie so oft an die ehelichen Pflichten einer Frau erinnert, bewirkt unweigerlich, dass sie sich noch schlechter fühlt, als würde Gott ihr Vorwürfe machen.

Die Müdigkeit ist für sie Normalzustand; sie bringt ihre Abende damit zu, sich durch die kategorischen Meinungen von Wildfremden zu scrollen, die Kontroversen des Tages, dämliche Videos (Schminktipps von Jugendlichen, Hausfrauen, die ihre Einkäufe auspacken und eifrig den Inhalt ihrer Taschen vorstellen, stumme Sequenzen vom anderen Ende der Welt, in denen schlechte Schauspielerduos sich am Tag ihrer Fake-Hochzeit streiten und wieder versöhnen), peinliche Geständnisse von zu allem bereiten Filmsternchen. Sabrina hat kein Geld für tröstlichen Schnickschnack. Die losen Freundinnen verschwinden im Wind der Umstände; ein Umzug oder ein Schulwechsel und nichts bleibt zurück. Diese Unbeständigkeit hat ihr die gängigen überkandidelten Mondänitäten verleidet.

Es fällt ihr nicht schwer, auf egozentrische und neurotische, todtraurige und sterbenslangweilige Pseudofreundinnen zu verzichten, vertrocknete Frauen ohne Kinder, die auf ihren flachen Bauch stolz sind, die so tun, als hätten sie keine Komplexe, und zugleich verbissen ihren Körper modellieren und sich bemühen, die Zeichen der Zeit aus ihrem Gesicht und ihren Haaren zu tilgen, die von ihren ewig gleichen jämmerlichen Bettgeschichten erzählen und denen ihr Alkoholkonsum eine klägliche Miene verleiht, die sich damit rühmen, keinen Macker zu haben, der ihnen das Leben vermiest, sich aber am Ende immer in einen Typen verlieben, der hemmungslos fremdgeht und einen Besitzinstinkt in ihnen weckt, stärker und tückischer als der jedes jungen Mädchens – vierzig- oder fünfzigjährige Singlefrauen, die vor Langeweile fossiliert sind und nur noch für leidenschaftliche Affären leben, die sie für eine köstliche Weile aus ihrer Trägheit herausreißen, bevor sie sie halb verrückt werden lassen.

Die Telefongespräche mit ihnen drehten sich stets um Trennungen, die vom ersten Tag an vorhersehbar gewesen waren, um nicht wirklich aufrichtige Kinderwünsche – ein Kind auf den letzten Drücker, um nicht dumm zu sterben, um zu sehen, wie es ist: eine neue Konsumerfahrung, die es zu bewerten gälte. Ein gewöhnliches Kind mit einem hanebüchenen Namen, ein kleines Wesen, in der Einheitsform gegossen, aus der man die Elemente der Dienstleistungsgesellschaft bezieht, ein von der Empfängnis an überwachtes Menschenwesen, mit klassischer Musik berieselt, weil das intelligent machen soll, konditioniert, um das Versagen seiner Eltern wettzumachen, formatiert, um der Welt als Genie präsentiert zu werden, mit Fläschchen voller Ehrgeiz und Galle großgezogen, amortisiert wie eine Investition, ab drei Jahren im Sportverein, zu allen Geburtstagen eingeladen, an Menschenmengen und Lärm gewöhnt, ein zukünftiger Star egal worin, Hauptsache berühmt. Die Art von völlig normalem, übersozialisiertem Kind, für das die Eltern sich eine Hochbegabtendiagnose erträumten. Ein Kind, das von klein auf in der kognitiven Dissonanz feststeckt: dazu gedrängt, überall das beste zu sein, aber gewiegt von wettbewerbskritischen Diskursen.

Und dann ertrugen diese Frauen, die aus einer Laune heraus im hohen Alter Mütter geworden waren, weder die kleinen Opfer noch die Verantwortungen, die damit einhergingen; sie forderten das Recht ein, laut und deutlich sagen zu dürfen, dass sie ihr Kind bereuten, dass die Mutterschaft nur eine weitere Form der Unterdrückung sei. Sie wunderten sich darüber, Pläne ändern zu müssen, kurze Nächte zu haben, ihren Tagesablauf umstellen zu müssen – sie wollten leben wie junge Mädchen und waren unflexibel wie alte Frauen. Voller Hass auf alles Unvorhergesehene.

Sabrina hat keinen Freund, weil sie keine Zeit hat, mit irgendjemandem eine privilegierte Beziehung zu pflegen, ob Mann oder Frau; oder aber sie nimmt sich die Zeit, als treue Vertraute zu dienen, bevor sie bemerkt, dass man ihr umgekehrt nicht zuhört, wenn sie einmal etwas erzählt. Sie hätte gerne jemandem von ihrer Tochter, vom Vater ihrer Tochter, von ihrer Einsamkeit an den langen Winterabenden erzählt, aber in welche Hände könnte sie die Last ihrer einsiedlerischen Mutterschaft legen, wenn niemand in ihrer Umgebung Kinder hat, wenn alle nur im Singular denken, wenn Verantwortung nur Professionalität bedeutet und man mit fünfunddreißig noch bis in die Puppen schläft? Die Ratschläge, die man ihr gab, schienen alle chinesischen Glückskeksen entnommen zu sein: Folge deinem Instinkt, nimm dir Zeit für dich, verzeih dir selbst, morgen ist ein neuer Tag.

Sie weiß, dass es immer Missverständnisse geben wird, denn die Bedeutung der Worte ändert sich von einer Person zur anderen; jeder hat seine eigene Wahrheit; die Welt ist ein Archipel von Universen. Eine privilegierte Beziehung hat keine rechte Bedeutung mehr; man tippt kurz auf einer Tastatur herum, um seiner Mutter, früheren Klassenkameraden und Wildfremden eine Schwangerschaft, eine Neuanschaffung, einen Stellenwechsel mitzuteilen. Geständnisse haben nichts mehr von einem Vertrauensbeweis. Geständnisse sprudeln aus allen Kehlen hervor wie unkontrollierbares Gereihere. Sie fragt sich, ob sie klarsichtig oder pessimistisch ist, wenn sie die klägliche Bilanz ihrer zwischenmenschlichen Beziehungen zieht. Sie bewegt sich in einer immer dümmeren, immer grausameren, immer hässlicheren Welt, in der die Sprache zersetzt, das Denken zerstört und jede Kommunikation unmöglich geworden ist.

Und an diesem Sonntagabend denkt sie an ihren Exmann, den ihre Tochter ihr vorzieht. Egoistisch, unverantwortlich, hartnäckig nur, wenn es um seine eigenen Projekte geht, hat er sich von der Sicherheitsillusion der Konventionen einlullen lassen, er hat Werbefritzen, Immobilienmakler und Banker seinen Weg bestimmen lassen, denn auf den Weg kam es ihm nicht an – für ihn zählte nur das, was er Erfolg nannte. Und von ihnen beiden ist er es jetzt, der gewonnen hat. Sabrinas Werte sind ungültig gewordene Währungen. Ihre Prinzipien sind alte Münzen, die man in einem Glas aufhebt, um Nostalgikern ein Lächeln zu entlocken.

Sie denkt an ihre Tochter, an dieses ihrem Bauch entsprungene Kind, für das sie ihr Fleisch und ihre Haut geben würde. Sie sieht das blutverschmierte kleine Wesen vor sich, das innerhalb von ein paar Sekunden ihrem ganzen Leben einen Sinn verliehen hat. Sie sieht vor sich, wie es sich auf dem geteerten Schulhof die runden Zehen aufschürft, sie hört die Kleine, die »das piekt« schreit, wenn sie ihre Kriegsverletzungen desinfiziert, und es zerreißt sie vor Schmerz wie die Kuh, der man ihr Kalb wegnimmt.

8

Es gab eine kurze Periode, in der Sabrina unbedingt wieder einen Mann finden wollte. Ihr fehlte die Gebrauchsanweisung, aber die Lust war da. Die einzigen männlichen Wesen, denen sie begegnete, waren die Väter ihrer Schüler, Single-Männer, die darauf bauen würden, dass sie sich um ein undankbares Kind mitkümmerte, oder verheiratete Typen, die außer einer heimlichen Nummer in einem Hotel nichts zu bieten hatten. Sie hatte eine dieser Dating-Apps heruntergeladen, durch die es spießig geworden war, sich am Arbeitsplatz zu verlieben. Nach dem dritten vom Algorithmus angebahnten Date hatte sie es aufgegeben, auf diesem Weg einen Gatten zu finden. Sie hatte die üblen Dünste des Zeitgeistes heruntergeschluckt und es pragmatisch gesehen; sie würde sich die Abendessen sparen und den verkrampften Unterleib in Kauf nehmen.

Sie weiß nicht mehr, wann genau sie Xavier kennengelernt hat. Sie erinnert sich, dass sie ganz außer Atem in der Bar ankam – sie weiß nicht mehr in welcher. Er hatte ihr ohne große Freude oder Begeisterung zugewinkt, eher etwas autoritär. Sie hatten sich hastig, wie um es hinter sich zu bringen, mit Wangenküssen begrüßt und es dabei vermieden, sich weiter zu berühren. Sie hatte sich für ihre Verspätung entschuldigt, worauf ein »kein Problem« zur Antwort kam. Dann entstand eine unbehagliche Pause, denn ihre Begegnung war weder zufällig noch angenehm.

Sabrina hatte ihn nach seiner »Leidenschaft« gefragt – dieses sinnentleerte Wort für etwas eigentlich Starkes, Schmerzliches: inzwischen genügte eine Wanderung im Jahr, um jemanden zum *leidenschaftlichen Bergliebhaber* oder zum *passionierten Wanderer* zu machen. Der Begriff war vom Marketing entdeckt worden und wurde in verschiedensten Variationen von vielen kleinen Unternehmen geschätzt: Türautomatik, Klimaanlage, Gerüstbau, Schlüsseldienst, alles aus Leidenschaft. Man musste eine Leidenschaft haben, so wie man ein *storytelling* brauchte, so wie ein Vertreter Muster mit sich führt. Bei Xavier war es die Fotografie. Kaum hatte sie ihn auf das Thema angesetzt, hatte er schon sein Telefon hervorgeholt, um ihr seine letzten Arbeiten zu zeigen: die überschlagenen Beine von Mädchen in den Bistros am Châtelet, die Île Saint-Louis bei Sonnenuntergang, der Eiffelturm vor einem rosa Himmel, eine abgemagerte Jugendliche, die ihn aufreizend anblickte.

Dann hatte er angefangen, mit dem Ausdruck einer Mutter Courage in voller Talfahrt von seinem Sohn zu erzählen, den er mehr liebe als sein eigenes Leben; er hätte jeden umgebracht, der ihm auch nur ein Haar krümmen wollte, die Hand aufs Herz gelegt, als wäre der kleine Engel einem gefährlichen Pädophilen über den Weg gelaufen, und als habe kein Vater, keine Mutter vor ihm je diesen wilden Beschützerinstinkt verspürt. Mit überbordender Begeisterung zeigte er ihr Fotos eines knochigen Jungen mit überproportioniertem Unterkiefer und erloschenem Blick: der Inbegriff des vergötterten Kindes, versehentlich mit einer Freundin gezeugt, die man nicht liebt, und dann dressiert wie ein Zirkusäffchen, um einen späten, unverhofften Lebenssinn daraus zu beziehen, einen rechtmäßigen Stolz auf etwas anderes als die Arbeit. Sein Hemd war makellos, genauso wie seine Diktion, die der eines Zeugen Jehovas glich. Dann hatte er ihr dargelegt, wie aufreibend es war, sich jedes zweite Wochenende um seinen Sohn zu kümmern; er hatte auch die mentale Belastung erwähnt, die es bedeutete, einen Rucksack für die Ausflüge auf den Spielplatz zu packen.

Sie hatte sich lächerlich gefühlt; ihr schlecht geschnittenes Kleid, das einen billigen Stoff über ihre Oberschenkel ergoss, verriet den melancholischen und illusionslosen Versuch, sich in Schale zu werfen. Er hatte über seine App zur Ortung geolokalisierbarer Lakaien ein Taxi bestellt, dann waren sie in ein angeberisches schwarzes Auto gestiegen, gesteuert von einem geschwollen daherredenden jungen Mann mit Vorstadtakzent, der sie zu einem Haus in pseudo-haussmannschem Stil auf dem Boulevard Barbès fuhr. Der Hauseingang war klein mit einer hohen Decke; abgebröckelter Stuck umgab einen schmutzigen Messingkronleuchter mit fehlenden Kristalltränen. Ein roter Teppich voller Matschspuren, mit vergilbten Stäben lose befestigt, lief die Holzstufen hinauf, die schrecklich knarzten. An der Tür hatte Xavier Sabrina gebeten, die Schuhe auszuziehen. Sie hatte sich hinter dem Vorhang ihrer Haare entschuldigt, hin und her gerissen zwischen dem Drang loszulachen und dem, die Flucht zu ergreifen.

Dann standen sie in einem engen Flur, von dem drei winzige Räume abgingen: eine Küche, in der Abwassermief sich mit chemischen Gerüchen vermischte und die ein mit Kinderzeichnungen bedeckter kleiner Kühlschrank halb ausfüllte, ein Bad, in der die Toilette nicht einmal einen Fußbreit von der Badewanne entfernt war, und ein Schlafzimmer mit verschlissener Tapete, kaum groß genug für eine Doppelmatratze; die Kleidung war ordentlich in einem Wandschrank verstaut, den man nicht öffnen konnte, ohne das Bett zu verrücken. Sie hatten sich jeder für sich ausgezogen, bevor sie sich küssten – ein angestrengter Zungenkuss, für keinen von beiden erregend. Er hatte ein Kondom unter dem Kopfkissen hervorgezogen und tief Luft geholt wie ein Apnoetaucher.

Er war nervös, aber keineswegs eingeschüchtert. Auch wenn es im Zimmer kühl war, hatte er keine Gänsehaut; sein aufgerichtetes Glied schien einem anderen zu gehören, das kraftstrotzende Organ wollte nicht recht zur Apathie des völlig haarlosen Mannes passen. Der hatte eine Heidenangst davor, etwas falsch zu machen, keine bleibende Erinnerung zu hinterlassen, zu schnell zu erschlaffen, zu schnell zu kommen, sich lächerlich zu machen; sein Ego kratzte ihn mehr als seine Lust, von der er keine Spur verspürte.

Dann war er ohne einen Laut, ohne ein Stöhnen in Sabrina eingedrungen, bevor er begann, das Becken so schnell zu bewegen, dass ihr ein erstaunter kleiner Schrei entfuhr. Er blickte starr vor sich und kontrollierte seinen Atem, mit dem konzentrierten Ausdruck eines Athleten, der an die Ziellinie denkt. Sie hatte den Blick an die Decke gerichtet, in den Raum, auf den Boden, dann auf Xaviers Handgelenk, an der eine Smartwatch prangte, die seinen Puls aufzeichnete – es handelte sich hier zweifellos um eine sportliche Hochleistung. Als er so allein, wie er angefangen hatte, zum Ende kam, legte er sich auf den Rücken, die Hände auf den Rippen, und sie zog sich schweigend wieder an. Er klammerte sich schwach an ihren Unterarm und richtete sich mit einem schmerzlichen Seufzer auf, um sich an ihren Busen zu schmiegen. Sie hielt seinen Kopf mit einer Hand an ihren Oberkörper gedrückt, wie sie einen hungrigen Säugling gehalten hätte. Er schlief ein, ein Speichelfaden lief ihre Brust hinab. Dieses Detail rührte sie. Sie gab ihm einen Kuss auf die Stirn und spürte, wie sich in ihr, auf der linken Seite, etwas löste.

Am nächsten Morgen wachte sie mit der Befürchtung auf, er würde ihr wie die anderen einen Kaffee anbieten und dabei auf ihre Ablehnung hoffen. Doch er fragte sie, ob sie ihn stark oder schwach wolle; er könne auch Tee machen. Der Mann mit dem gebieterischen Handzeichen vom Vorabend war über Nacht verschwunden. Sie weiß nicht mehr, warum sie ihm sagte, er solle doch seine Haare auf der Brust und anderswo stehen lassen. Er lächelte für sich, als habe er gerade einen Sieg errungen oder eine Bestätigung erhalten.

Er ist Aktuar und arbeitet meistens von zu Hause aus. Er ist ein ewiger Zauderer, hat aber begriffen, dass diese Eigenschaft unter einem Galagewand verborgen werden muss, unter einem Gebaren, das er den Erfolgreichen abgeschaut hat. Lässt er seine Hüllen fallen, wirkt er schmächtiger; er trägt eine Brille und liebt endlose Scrabble-Spiele. Es liegt ihm nicht viel daran, junge Mädchen für seine Schwarzweißbilder posieren zu lassen, aber er spürt, dass er irgendetwas sagen muss, vor allem beim ersten Treffen mit einer Frau. Er behauptet, es sei unmöglich, eine Freundschaft, und sei sie noch so belanglos, anzufangen, ohne hunderte von Referenzen eingeholt zu haben; das Leben, wie Xavier es sieht, ist ein ewiges Bewerbungsgespräch. Was seine Zaubertricks betrifft, so legt er eine chirurgische Offenheit an den Tag; er verrät seine kleinen Geheimnisse ohne jede Lust noch Scham. Die Mutter seines Sohnes hat er verlassen, eine schöne Blume, gepflückt mithilfe einer Reihe von Gaukeleien, die er nicht länger aufrechterhalten konnte. Seinen Sohn hat er Adonis genannt, weil er spürte, dass die griechische Mythologie in seinem Umfeld im Kommen war. Wie alle Hochstapler verfügt er über einen untrüglichen Riecher. Sein Überleben im urbanen Dschungel verdankt er nur seinen beständigen Updates. Als Sabrina ihn fragte, welchen Namen er seinem Jungen gerne gegeben hätte, wusste er keine Antwort.

Sabrina gefällt ihm umso besser, als ihr jedes Kalkül fremd ist. Nach dem Geschmack dieses neuen Mannes ist sie manchmal enervierend, wenn sie ihn an ihre griesgrämige, autoritäre Mutter erinnert – aber er findet sie so anbetungswürdig, dass er ihr alles durchgehen lässt. Es fällt ihr schwer zu verstehen, was er an ihr, der so oft schon frühmorgens die Galle hochkommt, findet. Sie hat Angst, ihn zu verlieren; sie beruhigt sich, indem sie sich sagt, dass ihre Liebe kontrolliert ist, in ruhigen Bahnen läuft, dass er ihre Situation nicht so sehr verbessert hat. Von Zusammenleben war nie die Rede; Lina weiß nicht einmal, dass es ihn gibt. Um sich zu schützen, meint sie sich benehmen zu müssen wie ein Mann; im Namen ihres Rechts auf Ruhe hat sie ihn schon mal aus ihrer Wohnung geworfen. Sie verhält sich mit ihm wie eine Witwe mit einem neuen Begleiter.

Er behandelt sie sanft; er reagiert eingeschüchtert und tief berührt, wenn ihr Kleid auf ihre Knöchel hinabfällt. Er liebt sie, ist aber unfähig, es ihr zu sagen. Sie möchte, dass er als Erster ein paar Liebesworte von sich gibt. Er leidet darunter, vergisst bei der Arbeit aber alles. Es stört sie zu wissen, dass er nur mit ihr zusammen er selbst ist, dass er vor dem Rest der Welt eine Rolle spielt, was anderen schmeicheln würde. Sie empfindet es nicht als Privileg, dass sie als Einzige um die Lüge weiß; sie befürchtet, sich in einen wankelmütigen Charakter verliebt zu haben, der sich an ihr rächen könnte. Sie hat Angst, ihn unter der Last seines lockeren Umgangs mit der Wahrheit verkümmern zu sehen; sie will ihre Energie nicht mehr verschwenden wie eine verliebte Fünfzehnjährige. Sie war auf der Suche nach Stabilität, nach etwas Ernstem; was sie bekommt, ist Zuneigung. Vielleicht ist sein Herz zu trocken, als dass sie sich damit abfinden könnte. Sie hat Angst, ihn nicht zu kennen, dass er auch ihr etwas vorspielt.

Sabrina weiß nicht, ob Xavier vor ihr eine andere Frau geliebt hat. Er würde lieber sterben als zu gestehen, dass er nicht weiß, was er sagen soll, wenn sie von den Kindern spricht, für die sie Verantwortung trägt, von der Müdigkeit, die sie in allen Berufen um sich greifen sieht, von der nervlichen Erschöpfung ihrer Brüder und ihrer Schwägerin, die Krankenschwester ist. Er stößt in einem Affenzahn Gemeinplätze hervor, und sie sorgt sich, dass sich ein neuer Nicolas in ihr Leben eingeschlichen haben könnte. Sie macht sich Vorwürfe, dass sie ihn so oft mit ihrem Exmann vergleicht, kann aber nicht anders. Sie befürchtet, dass der Hochstapler der häufigste Archetyp ist, und derjenige, der am schwersten zu entlarven ist. Der Hochstapler bewegt sich in der Dienstleistungsgesellschaft wie ein Fisch im Wasser. Die Form über den Inhalt, die Mittel über den Zweck zu stellen, sich auf den Schein und den Ruf zu verlassen statt auf die Arbeit und die natürlichen Befähigungen, dem Pragmatismus den Vorzug zu geben statt dem Mut, die Wahrheit zu sagen, sich in der Kunst der Illusion zu üben, an die Fata Morgana der Verfahrenssicherheit zu glauben statt sich auf die Risiken einzulassen, die mit der Kühnheit einhergehen, das alles ist die Brutstätte der Hochstapelei.

Sabrina lebt in einer Gesellschaft der Norm, auch wenn diese versucht, sich als Massenhedonismus zu tarnen, mit marktschreierischer Werbung und der Zustimmung der Wissenschaft. Der Hochstapler ist der wahre Märtyrer dieses Umfelds. Er saugt die Werte seiner Zeit auf wie ein Schwamm, ein Fetischist der Moden und der Formen. Die Hochstapelei übernimmt die kalte Logik der Verwaltungsinstrumente, die bürokratischen Winkelzüge und die algorithmischen Gaunereien, Identitätsbetrüge, falsche Gutachten und geheucheltes Wohlwollen, das Feigenblatt der Barbarei. In dieser Zivilisation des falschen Scheins ist der gesunde Mensch dazu verurteilt, im Irrenhaus zu leben. Nur die Kultur der Freiheit könnte ihn dort wieder herausholen. Aber Sabrina sieht wohl, in welcher Verfassung die Kinder sind, sie sind willens, ja begierig, sich in diesen makabren Reigen einzureihen.

Der Mensch der Hochstaplergesellschaft kann nur vor sich selbst fliehen. Sich zerstreuen. Würde er versuchen, sich mit den großen Werken zu konfrontieren, mit den klassischsten, menschlichsten Autoren, wäre er unfähig, irgendetwas daran zu verstehen. Und sollte er etwas verstehen, dann würde er einen derartigen Schwindel, einen derartigen Schmerz verspüren, sich auf solche Weise gedemütigt, entblößt zu sehen, dass er vor Verzweiflung sofort wieder davon abließe.

9

Gegen sieben Uhr morgens erreichen Paul und Aurélien den Pariser Autobahnring. Über die gewöhnliche Symphonie (Geratter, knatternde Auspuffe, scheußliche Musik und die einfältigen Stimmen der Werbung) legt sich eine Motette von Hupklängen und der ausgelassene Trubel, der eine Katastrophe ankündigt. Die Gesichter, die aus den Autos auftauchen, erzählen die gleiche Geschichte wie das Gesicht einer jungen Frau, die ihren Verlobten an die Front ziehen lässt. Sie brauchen ein paar Sekunden, um zu bemerken, dass die gedrückten Hupen kein Zeichen von Ungeduld sind oder irgendeinem Trottel bedeuten sollen, endlich seine Kiste vorwärtszubewegen, nein, sie werden gespielt wie improvisierte Instrumente. Das ist es, denkt Paul: Die Hupen skandieren eine Botschaft. Er bemerkt schließlich, dass die Leute nicht in ihren Autos sitzen. Sie haben sie stehen gelassen, manchmal ein paar Meter von ihnen entfernt, die Tür weit offen, das Autoradio stumm, der Motor kalt. Alle scheinen sich einig zu sein, jeder jedem ein Kamerad – wie seltsam, gestern noch, am gleichen Ort, hätten sie sich in Stücke gerissen, weil einer einen anderen beim Spurwechsel geschnitten oder ausgebremst hätte. Die Stimmen klingen fröhlich, aber die Blicke verraten eine mit Sorge vermischte Ungeduld.

Paul und Aurélien sind die ganze Strecke ohne Musik oder Radio gefahren. Sie wissen nicht, dass die Nacht laut und voller Unruhen war. Das Video von Enzo Brunets Vergewaltigung hat über alle erdenklichen Kanäle die Runde gemacht –

manche haben sogar DVDs gebrannt und VHS-Player und leere Kassetten hervorgekramt. Die Nebenkläger bringen ihre Beweise vor der Mazurka in Sicherheit. Die Sequenz wurde zwar als pornografisches Dokument klassifiziert, wird jedoch auf russischen und chinesischen Servern gehostet, um der Zensur in den größten sozialen Netzwerken zu entgehen. In Privas ist die Präfektur verwüstet worden; die Angreifer haben dafür gesorgt, dass kein Computer heil blieb – am frühen Morgen liefen die Bilder der brennenden Gebäude auf allen Fernsehsendern, begleitet vom Vibrato rechtschaffener Damen, die nach Luft schnappten. In Grenoble sind die Leuchttafeln gehackt worden, die sonst mittels Smileys in Echtzeit die Luftqualität anzeigen – in der ganzen Stadt steht jetzt »Gerechtigkeit für Enzo« über dem Bild der Feuerwehrmänner, die den Toten zudecken.

In Lyon wurde die Place de la Comédie von Medizinstudenten besetzt, zu ihnen gesellten sich mitten in der Abendvorstellung die Künstler und Techniker der Oper. Die Polizei vertrieb sie unter erheblichem Gewalteinsatz – davon gibt es keine Bilder im Fernsehen. Aber die spektakuläre und leicht pubertäre Aktion vor dem Rathaus war nur ein Ablenkungsmanöver. In Saint-Priest und in den anderen Vorstädten leiteten Angestellte der Großsupermärkte, die sich in den Lagerräumen eingeschlossen hatten, die eingehenden Waren auf Solidarläden um. In Toulouse wurde eine unangemeldete Demo so brutal aufgelöst, dass sogar das Fernsehen es erwähnen musste, in einem surrealistischen Beitrag mit folgendem Kommentar:

Man sieht Ordnungskräfte, die auf Leute einschlagen ...

Ja, sie schlagen sie, ja, vielleicht, weil diese Leute sich weigern wegzugehen ... Diese Leute sollen weggehen, und vielleicht wollen sie sich nicht von der Stelle bewegen.

Seit das entsetzliche Video online ist, lösen vermummte Männer und Frauen einander ab, um vor der Flamme auf dem Grab des unbekannten Soldaten das Porträt des jungen Brunet hochzuhalten. Sie bleiben eine Stunde, die Arme hochgereckt, ohne sich zu rühren, wie bei einer Militärübung. Dann folgt die Ablöse, man skandiert den Namen des Märtyrers und tritt einen Schritt zurück, um der Erinnerung nicht den Rücken zu kehren. Die Verteidigungsministerin hat sich mit der Präsidentin getroffen; Hubschrauber kreisen über dem Zentrum der Hauptstadt. Es wird keine andere Losung ausgegeben als diese: den Beginn der Epidemie mit allen Mitteln im Keim ersticken.

Es bleibt keine Zeit zu verlieren. Wenn Paul das, was er aufschnappt, richtig versteht, sollen die Staus auf dem Autobahnring genutzt werden, um Leute zusammenzutrommeln für eine Reihe von Einsätzen am gleichen Tag in Paris. Die Anwerber gehen von Auto zu Auto und fordern die Leute zunächst auf, auszusteigen und ihr Handy im Wagen zu lassen. Einmal draußen, haben die Zielpersonen weniger als eine Minute Zeit, sich die Rede anzuhören und Ja zu sagen. Wer zustimmt, hat nur ein paar Sekunden, um sich die Telefonnummer seines Gegenübers, ein Passwort und die Adresse des Sammelpunkts zu merken. Die Anweisungen sind einfach: sich unauffällig und praktisch kleiden, um laufen und springen zu können, physiologische Kochsalzlösung und sterile Kompressen sowie eine Maske und Würfelzucker mitnehmen, Ausweispapiere und Handy zu Hause lassen. Unter der Maske soll man geschminkt sein wie auf den Fotos, die man kurz vor die Nase gehalten bekommt: Kriegsbemalungstechniken, um die Gesichtserkennung auszutricksen.

Die Anwerbung kann nicht nur über Internet erfolgen, wo

es von Wankelmütigen und Denunzianten nur so wimmelt. Am Morgen, zur Zeit der ersten Metros, haben sich Verbindungspersonen auf den Bahnhöfen verteilt, um die frohe Botschaft unters gute Volk zu bringen; es werden bevorzugt Frauen eingesetzt, die erregen weniger Aufmerksamkeit und wirken auf Anhieb weniger beunruhigend. Der Autobahnring ist der ideale Boden für diesen Fischzug – in der Einsamkeit des Pendelverkehrs wird dem Arbeiter im Dienstleistungssektor seine Situation bewusst. Wenn er im Auto sitzt und ausrechnet, was ihm am Ende des Tages bleiben wird, fühlt sich der Mensch gedemütigt, am Boden. In der Tierwelt ist das verletzte Tier das gefährlichste.

Schließlich kommt ein Typ auf sie zu. Er redet schnell, mit einer feuchten Aussprache, wie man es an dem himmelblauen Vliesrechteck vor seinem Mund ablesen kann, das immer nasser wird. Ein Blick auf ihr Nummernschild, und schon hat er alles erraten. Leute aus der Ardèche, wie der junge Brunet. Leichte Beute, die hat er in der Tasche. Sie werden am Nachmittag auf den Champs-Élysées erwartet, um die Ränge der Ordner um die Porträtträger herum zu verstärken. Vom Symbol der Trauer tragenden Vestalinnen gilt es sich schnellstens zu verabschieden – es geht darum, das Feld zu behaupten, denn die ganze kleine Gesellschaft wird mit Sicherheit gewaltsam aufgelöst werden.

Bis dahin war es Paul nicht in den Sinn gekommen, dass der Ausflug in die Hauptstadt riskant sein könnte. Er weiß, dass die Wahrscheinlichkeit draufzugehen gering ist, aber schon die Vorstellung, mit dem Schlagstock eins übergebraten zu bekommen, lässt ihm das Herz in der Brust tanzen. Er hat noch nie an einer Demonstration teilgenommen; er hat immer Sympathie verspürt, aber von Weitem, er hielt sich stets vornehm zurück. Er war Metzger mit einem ordentlichen Vertrag, einem von denen, die noch von vor der letzten Reform stammten – wenn der Laden dichtmacht, wird er unter den Letzten sein, die ihre Stelle verlieren, noch dazu mit einer ordentlichen Abfindung, wenn die Inflation sich in Grenzen hält. Sein ursprünglicher Plan, es auf seinem Stück Land mit Permakultur zu versuchen, war durch Auréliens Kämpfe im Keim erstickt worden, bevor der Freund auch nur eine einzige Gelegenheit gehabt hatte, ihn darin zu bestärken.

Erst in diesem Moment wird es Paul schmerzlich bewusst, dass sein Freund ihn wohl sofort durchschaut hatte – Aurélien musste auf den ersten Blick begriffen haben, dass er es mit einem Städter zu tun hatte, der in einer Krise steckte, aber kein Vollidiot war. Er hatte mangels Zeit keine Freunde, doch Paul schien von Ersterer genug zu haben – sie hatten beide das Bedürfnis nach der gleichen Nähe, nach männlicher Gesellschaft. Am Ende hatten sie einander tatsächlich ins Herz geschlossen, wie zwei Brüder – es gibt immer einen, der den anderen hochzieht.

Wie ein Mann, der sich eine Geliebte nimmt, ohne je seine Verpflichtungen gegenüber seiner rechtmäßigen Ehefrau zu vergessen, hatte Aurélien Paul zum Freund genommen, ohne dabei seine besondere Aufmerksamkeit für die auf dem Land verwurzelten Kameraden aufzugeben. Paul hatte seinen Freund nie auf eine von Zivilbeamten mit Bodycam infiltrierte Demonstration begleitet; er hatte jedes Mal Angst bekommen. Die Angst lebte verborgen in seinen Eingeweiden und hatte ihn fest in der Hand. Er hatte sich eingeredet, einen Tick über den gewöhnlichen Sterblichen zu stehen, ohne sich jedoch je wirklich von ihnen abzuheben. Er war geflohen, doch da er es geschafft hatte, aus seiner Flucht einen neuen Anfang zu machen, verkleidete er seine Feigheit als bewusst getroffene Wahl. Und in ein paar Minuten, denn der Stau auf dem Autobahnring löste sich allmählich auf, würde er zurück in der bürgerlichen Welt seiner Kindheit sein.

Aus Gründen, die ihm bis heute nicht klar sind, ist er das Lieblingskind seiner Mutter. Sie hat ihn so erzogen, dass er zu ihrem besten Freund wurde, zu ihrem Begleiter zu Opernabenden im Théâtre des Champs-Élysées oder ins Musée Marmottan, zu ihrem Taschenträger bei ihren Jahresendeinkäufen in den besten Feinkostläden. Seine Familie war ein Musterbeispiel der liebenswürdigen und achtbaren katholischen Bourgeoisie, respektvoll gegenüber der Putzfrau, der man zu jedem Geburtstag ihrer Kinder etwas schenkt, einer intellektuellen und keinesfalls kaufmännischen Bourgeoisie, die das Handwerk bewundert – eine etwas weltfremde Bourgeoisie, die jedoch fest davon überzeugt ist, im Vollbesitz ihres Realitätssinns zu sein. In seiner Kindheit wurde die Kleidung neu und solide gekauft; dann reichte man sie unter den Geschwistern, Junge oder Mädchen, weiter. Man stellte sich nicht gern zur Schau; auf Neureiche blickte man hinab.

Die Boniteaus empfinden eine aufrichtige Abneigung gegen alles Protzige und Unkultivierte – aber Paul weiß, dass sie an ihre Steuern denken, wenn sie wählen gehen. Sie verabscheuen die Halbgebildeten und ihre Anmaßung, ihre Ignoranz und ihr schlechtes Inglisch, aber sie haben viermal einen Wahlzettel mit einem Kreuz für die Mazurka in die Urne gesteckt. Sie sind nett, großzügig, wenn jemand ihnen gefällt, kultiviert auf einer Erde, die sie verwüstet hinter sich lassen werden, aber zur Zeit der Pariser Kommune hätten sie nach der Armee geschrien. Paul ist totenbleich, wenn er daran denkt, es schmerzt ihn bis in die Synapsen: Er ist der Sohn seiner Eltern. Nett, verlässlich, ein guter Kumpel, aber ein Duckmäuser und letztlich gar nicht so allergisch gegen Konventionen und Gewohnheiten. Jedes Mal, wenn ein Kollege in Sachen Überstunden übers Ohr gehauen oder eine der Frauen an der Kasse vor seinen Augen zur Schnecke gemacht wurde, hat er auf den Boden geschaut und hinterher auf den Vorgesetzten eine Schimpftirade abgelassen, mit der er sich im Pausenraum beliebt machte. Aurélien war schon Vater, als er noch mit den Fußnoten seiner Doktorarbeit kämpfte. Paul hatte nie Angst um sein Hab und Gut gehabt; niemand würde ihm wegnehmen, was ihm zustand. Aurélien war weder Partisan noch Aktivist – er kämpfte ums Überleben.

Madame Boniteau hatte Paul ein Buch in die Hände gelegt, noch bevor er aus den Windeln heraus war – was sich als Danaergeschenk herausstellen sollte. Als Jugendlicher verschlang er die Klassiker; allein die Literatur gab ihm ein Zugehörigkeitsgefühl, den Stolz, Franzose zu sein. Seine Identität war die Sprache – nicht die kleine Plastikkarte mit den abgerundeten Ecken und seinem Schwarzweißfoto und dem schillernden kleinen RF für République Française darauf, nicht die blau-weiß-roten Fahnen, die neben der gestirnten blauen Flagge träge an den Giebeln der nie geöffneten Verwaltungsgebäude wehten, nicht die *Marseillaise*-Folklore auf den Podien, nicht die abgedroschenen Reden über die Aufklärung und die Menschenrechte.

Aurélien war durch die Erde Franzose. Paul war Franzose, weil er Victor Hugo in der unveränderten Originalfassung las; seine Sprache unterschied sich kaum von der von Rabelais; Balzac hatte nicht weit von ihm entfernt geschrieben, und diese Nähe zu bedeutenden Männern erlaubte es ihm, hocherhobenen Hauptes durchs Leben zu gehen: Er war auf dem Boden geboren, auf dem großartige Schriftsteller gewandelt waren. Aurélien wandelte auf dem Boden, auf dem seine Familie seit Jahrhunderten lebte. Er war in die Gewerkschaft eingetreten, ohne eine einzige Seite über die Geschichte der Gewerkschaften gelesen zu haben – so wie die Rebellen von gestern und von heute früh jeden theoretischen Ballast verschmähen und ohne vorherige Lektüre die Gegenoffensive organisieren. Diejenigen, die kämpfen, haben einen Trieb, den Paul nicht hat, der gebrochen wurde oder verschwunden ist, eine ererbte Entmannung.

Aurélien ist mit dem Erhalt seines Hofes und dem der anderen beschäftigt, es interessiert ihn einen Dreck, in den Schulen und auf den netten Bauernmärkten, die in der schönen Jahreszeit wie Pilze aus dem Boden schießen, für die biologische Landwirtschaft zu werben. Es gibt nichts dabei zu gewinnen, sich um die Sympathien der breiten Öffentlichkeit zu bemühen, weder für ihn selbst noch für die anderen Bauern. Diese breite Öffentlichkeit mit ihrem vertrockneten Herzen und ihrem empfindlichen Magen ist weder mutig noch interessant; sie tritt für die eine oder die andere Sache ein, wie man das Hemd wechselt. Nach Jahren des vergeblichen Aktivismus hat Aurélien es geschafft, seine Todfeinde zu identifizieren: äußerst diskrete, unerreichbare Männer, die an der Spitze großer Konzerne mit Dutzenden von undurchsichtigen Filialen stehen.

Ihre Namen sind selten bekannt: Man muss die Liste der größten Vermögen durchsehen und beim ersten Unbekannten haltmachen. Sie schieben Milliarden hin und her, indem sie die Tonne Milch für weniger als ihre Produktionskosten einkaufen, indem sie Saatgut und die Pflanzenschutzmittel vermarkten, die wegen des Mangels an Arbeitskräften auf den

Feldern unverzichtbar sind, indem sie Monopole erwerben, die es ihnen erlauben, der Landwirtschaft ihre Preise aufzuzwingen. Die wichtigste Bauerngewerkschaft geht nie offen gegen sie vor, sondern gibt der Europäischen Union die Schuld (während sie gleichzeitig ihre dreißig Silberlinge einstreicht), um alles im Nebel der Unklarheit zu belassen und die Revolte einzudämmen.

Von einigen dieser verborgenen Mächtigen ist nicht einmal ein Foto zu finden. Sie zeigen sich nicht, kleiden sich einfach, leben so komfortabel wie möglich in Landhäusern, die nicht besonders auffallen, wenn man sie von Weitem sieht. Für den Durchschnittsbürger sind die Mächtigen dieser Welt Sänger oder Fußballer – Aurélien weiß, dass sie in Wirklichkeit in der Sarthe leben können, jagen, in fast banalen Autos von A nach B fahren, ihre Kinder ohne übertriebenen Luxus kleiden. Sie sind Katholiken oder Protestanten, stammen immer aus alten Familien. Sie sind das Gegenbild der exhibitionistischen Celebrity. Sie leben ganz in der Nähe der Landwirte, die man im Morgengrauen erhängt auffindet. Sie sind es, die man bekämpfen muss, die Blut an den Händen haben. Sie sind für die Bauern, was die Mazurka für die Arbeiter des Landes ist. Sie diktieren den Behörden ihre Normen. Diese Behörden sind überholt, langsam, todgeweiht, sie ziehen die Steuern ein und organisieren die Repression mit dem Schwung eines jungen Infanteristen. Aurélien war von Geburt an zum Kampf bereit – er ist bereit, in die letzte, entscheidende Schlacht zu ziehen, während Paul sich nicht die Nase brechen lassen will.

Ein paar Jahre zuvor hatte Aurélien Philippe kennengelernt, der im Norden der Ardèche Aprikosen und Pfirsiche anbaute, in einem Kaff, das von einem riesigen Sportgeschäft aus seinem Dämmerschlaf gerissen worden war, weil es Kunden aus der ganzen Gegend anzog. Philippe hatte eines Tages einen Brief mit der Aufforderung bekommen, seine von der Scharka befallenen Bäume auszureißen, einer Krankheit, die von einem für den Menschen gefahrlosen Virus verursacht wird, dessen einziges Verbrechen darin besteht, die Früchte zu verfärben und sie für den Großhandel der Supermarktketten unverkäuflich zu machen.

Philippe verkaufte seine gesamte Produktion auf den Märkten und an die kleinen Läden der Gegend; auch wenn kleine helle Flecken den Befall verrieten, gingen die Früchte zu einem anständigen Preis weg. Aber ein paar Kilometer weiter waren Hunderte Hektar mit Aprikosenbäumen einer einzigen Sorte bepflanzt, mit Lasertechnik und Pflanzmaschinen gesetzt, das ganze Jahr mit Schutznetzen überspannt. Die Erträge waren tausendmal höher als die eines traditionellen Hofes, und die gesamte Produktion wurde in ganz Europa vertrieben oder an den Konzern XY verkauft, der alles zurückwies, was nicht den überaus strengen Qualitätskriterien entsprach. Um verschickt zu werden, wurden die Früchte noch grün gepflückt und dann unter Stickstoffzufuhr bei hoher Luftfeuchtigkeit gelagert. In den Haushalten angekommen, verfaulten die Aprikosen dann über Nacht, landeten im Mülleimer und ließen den Armen die Lust auf Obst vergehen.

Um kolossale Einkommensverluste zu vermeiden, hatten die Manager dieser aberwitzigen Betriebe von den Gesundheitsbehörden verlangt, den Scharka-Virus als »Quarantäneschädling« einzuordnen, was eine obligatorische Überwachung bedeutete. Diese Einstufung rechtfertigte die Zahlung von Entschädigungen bei verfügten Rodungen. Die Überbewertung eines technischen Problems eröffnete das Recht auf einen finanziellen Ausgleich. Die gequälte Erde der Großbetriebe brachte ihre Ausbeuter in den Genuss dieses ausgesprochen profitablen Systems, denn die Entschädigungen wurden proportional zur Anbaufläche berechnet. Alle Bauern mussten einzahlen, auch die kleinsten, die problemlos mit der Scharka zurechtkamen. Das nannte man dann Solidarität.

2020 stufte die EU die Scharka zum »geregelten Nicht-Quarantäneorganismus« zurück. Jedes Land hatte die Möglichkeit, die Kontrollen fortzusetzen, und Frankreich hatte unter dem Einfluss der Großproduzenten beschlossen, die Bekämpfung des unschuldigen Virus weiterzuführen. Der kleine Organismus war zwar nicht besonders gefährlich, doch er war nichtsdestoweniger alt und schlau; er hatte seine eigene Widerstandsstrategie gegen die verschiedenen Mittel entwickelt, mit denen man ihn begoss – und diese Mittel wiederum waren gefährlich.

Die großen Landwirte verkehrten auf Augenhöhe mit den Vertretern des Staates, die befugt waren, den Cursor auf der Gefährlichkeitsskala zu verschieben. Die Wahrheit konnte weder ausgesprochen noch gehört werden. Es war kaum möglich, die Scharka als eine der harmlosen Anomalien der Welt des Lebendigen zu bezeichnen. Um die Wirklichkeit zu verschleiern, galt es, ein militärisches Vokabular zu bemühen, neue Normen zu erlassen, die Scharka als Bedrohung darzustellen, die Europa in die Zeit der Hungersnöte zurückversetzen könnte. Mehr als alles andere fürchtete der Verwaltungsapparat den Vorwurf der Tatenlosigkeit und den Medienwirbel. Um sich dagegen zu wappnen, scheute der Staat vor keinem Mittel zurück, sei es noch so unsinnig oder spektakulär.

Die Bauern hatten so gut wie keine Möglichkeiten, sich zu

wehren, nur die Naivsten von ihnen konnten auf die Redlichkeit der Institutionen setzen. Einige schrieben lange, mit Statistiken, Grafiken und Petitionen untermauerte Briefe an ihre Landwirtschafskammer, um zu verlangen, dass man die Bäume in Ruhe ließ. Philippe hatte sich entschieden, auf Zeit zu spielen, bis Lösungen gefunden, die Medien alarmiert wurden, dieser Kleinkrieg in der Pampa sich in einen nationalen Kampf für die Ökologie verwandelte. Es war nichts passiert.

Einmal mehr erzeugte der Skandal einen solchen Lärm, dass die Ohren und die Geister sich davor verschlossen. Man musste die Krankheit fürchten, damit die Institutionen, die mit den Kontrollen betraut waren, weiterexistieren konnten. In dieser Sache hatten nur die kleinen Bauern etwas zu verlieren – und dieses Etwas, das waren ihre Bäume, ihre Arbeit, ja, ihr Leben. Im Vergleich zu den Summen, die auf dem Spiel standen, und zum Fortbestehen des herrschenden Systems war das nicht viel.

Die kleinen Höfe besaßen in ihrem eigenen Umfeld nicht die gleiche Aura wie im Herzen der Städter. Vor Ort wurde der isoliert lebende kleine Bauer als Hinterwäldler angesehen, als Faulpelz, der sich mit wenigen Tieren, einer kleinen Scheune, einer kleinen Produktion begnügte. Man warf oft schiefe Blicke auf sein Stück Land und bemängelte dessen allzu natürlichen, unordentlichen, vernachlässigten Anblick. Wenn eine Krankheit in Erscheinung trat, beschuldigte man sofort den Kleinsten. Weil er nichts wie die anderen machte, weil er offenbar etwas Besonderes sein wollte, war er mit Sicherheit auch der Schmutzigste und der Ansteckendste.

Eines Tages hielt vor Philippes Hof ein Kleintransporter. Er sah ein Dutzend kräftige Männer aussteigen, in Kleidern, die sie als arme Vorstädter kenntlich machten – junge Leute aus

Grenoble oder Lyon, ausstaffiert mit Helmen und gelben Westen. Die Scharka-Kontrollen wurden in der sogenannten kontaminierten Zone zweimal im Jahr durchgeführt. Mit dem Job wurden vor allem Sozialhilfeempfänger betraut. Der ausgebildete Leiter kutschierte seine Truppe von Parzelle zu Parzelle, in einem Kleintransporter vom Typ Pizzawagen, dann schwärmten sie aus, um die Blätter an den Bäumen nach Infektionszeichen abzusuchen. Die Schulung der Helle-Flecken-Sucher war nur kurz gewesen. Wenn die Scharka entdeckt oder mit einer anderen Infektion verwechselt wurde, kamen die Prüfkräfte mit einer Spraydose und markierten die Baumstämme mit roter Farbe. Der genaue Standort wurde mittels GPS bestimmt und gespeichert.

Dann kam ein Brief von der Präfektur, der Philippe aufforderte, seine Bäume binnen einer sehr kurzen Frist zu fällen oder zu roden. In der Folge wurden neue Kontrolleure beauftragt, die Ausführung der niederen Arbeiten zu überprüfen. Die Bäume standen noch stolz an ihrem Platz. Ein weiterer Brief wurde an den Bauern geschickt, diesmal drohte man mit der Zwangsrodung, auf seine Kosten. Im Falle der Zahlungsunfähigkeit würden seine landwirtschaftlichen Geräte gepfändet werden. Philippe weigerte sich weiter. Die Gendarmen eskortierten daraufhin einen Unternehmer aus der Gegend, der beauftragt war, den Willen des Staates auszuführen; er kam mit einem Bagger angefahren, Lärmschutzhelm auf dem Kopf, das Radio auf die Frequenz von »Rires et Chansons« eingestellt. Zu den Klängen der virtuosen Prosa des Komikers Jean-Marie Bigard musste Philippe, während die Gendarmen ihn festhielten, zusehen, wie seine Bäume aus dem Boden gerissen wurden und ihre Wurzeln in der Luft baumelten wie die Nerven eines gevierteilten Körpers.

Aurélien, den er zur Verstärkung herbeigerufen hatte, wurde von einem Gendarmen, dessen Absatz sich genau zwischen seine Schulterblätter bohrte, auf den Boden gedrückt, bevor er ein Wort sagen, einen Laut von sich geben konnte. Weil er vor Ort gewesen war, weil man ihn am Boden fixiert hatte, wie man den Zeugen eines Kriegsverbrechens mit der Waffe bedroht, war er nunmehr als »Gefährder« eingestuft. Philippe hatte eine kleine Pfütze Blut ausgespuckt. Die Typen zogen ab und hinterließen auf einem mit Holzspänen bedeckten Mäuerchen ein paar Blätter Durchschlagpapier. Der noch warme Motor verbreitete einen sauren Geruch. Die Ausdünstungen des glutheißen Metalls in Verbindung mit der Erinnerung an den Lärm des Gemetzels schlug Aurélien auf den Magen, er kotzte sich auf dem verwüsteten Boden die Seele aus dem Leib. Man hatte die Revoluzzer demütigen wollen. Man hatte sich an diesem Hof abreagiert wie am Körper eines Folteropfers. Philippe liebte die paar Bäume, die ihm noch blieben, zu sehr, um ihnen das zuzumuten: Er erhängte sich an einer von Auréliens Edelkastanien.

Sie kommen bei den Boniteaus an. Paul kann einen Schauder nicht unterdrücken, als Aurélien ihn, während Madame hausgemachte Madeleines anbietet, fragt, ob er sich an Philippe erinnert.

10

Um die Uhrzeit, da sie eigentlich die Pause ihrer neununddreißig Schüler beaufsichtigen sollte, liegt Sabrina noch im Bett. Sie ist früh aufgestanden, hat bis fünf vor acht gezögert, in die Schule zu gehen, als wäre am Freitag nichts passiert. Seit Linas Anruf hat sie ihr Telefon nicht mehr eingeschaltet. Sie hat weder Einkäufe noch Hausarbeit zu erledigen, für wen sollte sie das Nest herrichten? Sie hat begriffen, dass Lina, wie ihr Vater, nur zurückkommen würde, um sich ein paar Sachen zu holen und abzuhauen. Ihre Tochter und sie trennen sich wie ein altes Ehepaar, das sich schon lange nichts mehr zu sagen hat. Sie hat weder die Kraft, es zu bedauern, noch den Mut, es zu akzeptieren. Sie wünschte, ihre Eltern würden kommen, um sie abzuholen und in ihr Jugendzimmer zurückzubringen. Sie wünschte, ihr größter Bruder würde sie auf seine Schultern nehmen, damit sie die Decke berühren kann. So etwas Bescheuertes, dabei hatte sie sich doch so sehr danach gesehnt, wie eine Frau zu leben.

Und plötzlich kommt alles wieder hoch, sie kann die Bilder nicht aufhalten.

Der Kopf des Jungen prallt gegen die Pultkante, es klingt wie ein Schuss. Im Bruchteil einer Sekunde hebt er scheinbar mühelos den Nacken und wiederholt die Bewegung. Er donnert mit dem Schädel auf den Tisch wie ein ratterndes Maschinengewehr. Er peinigt sich im Rhythmus eines Spechts, der mit seinem Schnabel auf einen Stamm einhämmert. Sein Gesicht wirkt unbewegt, auch wenn aus seinem zu einem schiefen Lächeln verzerrten, halboffenen Mund laute, tiefe Töne dringen. Eine Mitschülerin beginnt so heftig zu schluchzen, dass ihre Brust bebt; hilflos zeigt sie mit dem Finger auf den entfesselten Jungen. »Da! Da!« Die einen wohnen der schrecklichen Szene bei, ohne mit der Wimper zu zucken, mit unverhohlenem Vergnügen oder mit entomologischer Neugier; die anderen haben sich zusammengekauert, entsetzt wie die Zeugen einer peinlichen Farce, die in ein Drama umschlägt.

Mit einem Satz hat Sabrina das Klassenzimmer durchquert; sie versucht das Kind zu beruhigen, indem sie es von hinten in ihren schwachen Armen festhält. Tom wehrt sich wie ein Teufel, wirft den Kopf gegen die Brust der Frau zurück, rasend wie ein Tier, das man zur Schlachtbank führt. Die heftigen Stöße treffen ihre Brüste, bald auch ihre Rippen; Tränen schießen ihr in die Augen. Sie beißt die Zähne zusammen, bis sie eine Art Schraubstock um ihre Schläfen spürt, und versucht dann, besänftigende Worte zu murmeln, ebenso für ihn wie für sich selbst: »Pscht, Tom, pscht, es wird alles gut, beruhige dich.« Der Junge brüllt in einem abstoßenden Idiom herum und stöhnt, dass es ihm schier die Brust zerreißt; er scheint unter dem Einfluss einer unsichtbaren Macht zu stehen, die ihn vernichten will. Er greift nach dem Arm der Lehrerin und schlägt seine Zähne hinein. Sie schreit auf wie ein verletztes Tier, packt den Jungen an den Haaren und schleudert ihn mit einer Kraft gegen die Wand, die sie nicht als ihre eigene erkennt: »Lass mich los! Du Mongo! Mongo!«

Das Kind rutscht wie eine Lumpenpuppe zu Boden. Es scheint trotz seiner weit offenen, an die Decke gerichteten Augen zu schlafen; aus seiner geschwollenen Nase läuft träge ein Blutrinnsal; seine Hände sind wütend verkrampft; die kümmerliche Gestalt wirkt ebenso bedrohlich wie lächerlich. Die schleppende Stimme eines Jungen durchbricht die Stille: »Das war aber nicht richtig, was du da gemacht hast. Tom ist doch nicht normal.« Ein anderer stößt leicht mit der Fußspitze gegen Toms Hüfte und bekommt ein Ächzen wie von einem verletzten Rind zur Antwort. Zwei Lehrerinnen eilen in die Klasse. Ihre Blicke richten sich auf den Schüler am Boden und die verstörte Runde. Mit wirrem Haar, verschwitzt und voller Entsetzen, verlässt Sabrina langsam den Raum, ohne irgendetwas zu hören. Niemand versucht, sie zurückzuhalten.

Sie geht den Flur entlang; der in Braun und Beige gefliesste Tunnel ersetzt das Fegefeuer. An dessen Ende wird sich alles geändert haben; das Leben wird noch schlimmer sein als zuvor. Sie spürt, dass ihre Existenz gekippt ist und fortan von Schande und Reue geprägt sein wird; der Schmerz, der in ihr aufsteigt, ist tausend Jahre alt. Sie hätte nie gedacht, dass sie eines Tages die Hand gegen einen Schüler erheben würde, und erst recht nicht gegen einen so schutzbedürftigen, *andersartigen* Schüler. *Ich habe einen Behinderten misshandelt. Tiefer kann man nicht sinken.*

Ihre Eingeweide lösen sich in der Sturzflut von Säure auf, die sich durch eine geöffnete Klappe in ihrem Bauch ergießt. Sie spürt, wie der Nebel von ihrem Gehirn Besitz ergreift; alles verschwimmt, ihr ist schwindelig. Ihr Blick trübt sich. Worte wie weißglühende Zangen peinigen sie; sie kratzt an ihrem Handrücken, bis die Haut nachgibt und zu bluten beginnt. Sie sieht Toms geschwollene Nase wieder vor sich, diese absonderliche Knolle, die ihr Gewissen plagt. *Das hast du getan. Du bist an deinem Auftrag gescheitert. Du bist durchgeknallt. Geisteskrank. Du widerst mich an.*

Sie hat das Schulgelände verlassen und geht die Straße entlang. Sie ist wie eine Nonne, die aus ihrem Kloster geflohen ist. Immer deutlicher nimmt sie das Geknatter der Motorroller und das leise Surren der E-Scooter wahr, die Auslagen der Gemüsehändler mit dem nach nichts schmeckenden Obst, den Blutgeruch der Metzgereien, den ekelerregenden Duft der Brathähnchen auf ihren Drehspießen. Alles erscheint ihr widerwärtig, abstoßend. Sie lässt sich auf eine mit Vogeldreck beschmutzte Aluminiumbank fallen, ein paar fette Tauben, die sich gerade über einen Kebab-Rest hermachen, flattern davon. Dicke, heiße Tränen laufen über ihre eingefallenen Wangen, und zum ersten Mal in ihrem Leben spürt sie, dass Mutlosigkeit, Erschöpfung und Traurigkeit die Oberhand gewinnen; in diesem Moment hätte alles zu Ende gehen können, es wäre eine Erleichterung gewesen.

Sie kehrt ins Hier und Jetzt zurück.

Sie will nicht sterben, nur diesem Kreislauf von immer neuen Scherereien ohne je eine Ruhepause ein Ende setzen, diesem ewigen Gefühl des Scheiterns, trotz aller Anstrengungen, aller Opfer; sie ist erschöpft davon, sich im Kreis zu drehen, um die Zeit herumzubringen, in einer steinernen Hülle von Müdigkeit gefangen. Sie bräuchte einen Sinn, um noch ein bisschen durchzuhalten; doch der Kreislauf der Dinge erschöpft sie, und sie kann keinen erkennen. Sie denkt an ihre Tochter, an Toms Eltern, an ihre Schüler, die sie alleingelassen hat; eine Kollegin hat ihre Klasse übernehmen müssen. Auf dem einzigen Tisch der winzigen Wohnung, mitten in dem Raum, der als Wohnzimmer, Schlafzimmer, Küche und Esszimmer dient, liegt ein rosa Mäppchen mit Pailletten herum, voll mit Filzstiften ohne Hülle und Buntstiften mit abgebrochener Mine. Der Geruch des Knoblauchs, auf den die alte

Nachbarin versessen ist, hängt in allen Textilien des Raumes. Die Internetbox gibt in regelmäßigen Abständen kleine rote Lichtsignale von sich, wie in einem Museum unter Videoüberwachung.

An seinem ersten Schultag hatte Tom ein anderes Kind, das frisch aus dem Kindergarten kam, geschlagen, weil es vor Freude, ein Tor geschossen zu haben, laut geschrien hatte. Tom kann gewisse Geräusche nicht ertragen; die Liste der Dinge, denen er nicht ausgesetzt werden darf, wird von Tag zu Tag länger. Er hat Angst vor Tauben und vor den Ratten, die über den Schulhof rennen; er weigert sich, manche Materialien anzufassen, als würden sie ihm die Fingerspitzen verbrennen; die Berührung von Papier ist ihm unerträglich. Wenn seine Sitznachbarn Blätter ausschneiden, hält er sich die Ohren zu. Es kommt vor, dass er mit der Kraft eines mythologischen Ungeheuers mit einer einzigen Hand sein Pult umwirft. Sabrina hat das Gefühl, eine gegen ihren Willen inkarnierte Seele vor sich zu haben, und verspürt einen tiefen, brennenden Schmerz.

Der Junge kann minutenlang in den Himmel starren, um dem Flug eines Vogels zu folgen, den nur er allein sieht. Manchmal wirkt er, als würde der Wind ihn so stark beugen, dass er kurz davor ist zu kapitulieren; er sieht aus, als würde er nur darauf warten, dass eine unsichtbare Macht ihn holen kommt. Trotz der Kluft zwischen Tom und dieser Welt, scheint er Sabrina vom Universum erfüllt zu sein, von einer unergründlichen, außerirdischen Form von Intelligenz. In Toms Blick brannte bis zu dem Schlag, den seine Lehrerin ihm versetzt hat, ein heiliges Feuer. Der entgeisterte Ausdruck des Kleinen, sein Gesicht gleich dem eines Heiligen zwischen dem Ende seines Martyriums und seiner Himmelfahrt, haben Sabrinas Selbstbewusstsein zunichtegemacht.

Zehn Jahre der Erschöpfung und der Einsamkeit. Ihre Tochter wächst in einer Wohnung auf, die keiner von ihnen beiden die geringste Intimität gewährt. Mit einer Bitterkeit, die jede ihrer Zellen durchdringt, gesteht Sabrina sich ein, dass ein Kind großzuziehen genau so anstrengend ist, wie jene es behaupten, die keine bekommen wollen. Das Kind nimmt seine Eltern in Anspruch wie eine Dienstleistung, dann sucht es sich anderswo etwas Besseres. Erwachsen geworden, kann es sich beklagen, Bilanz ziehen, den Kontakt abbrechen, verkünden, dass es niemandem etwas schuldig ist, oder schlimmer: dass es sich allein erschaffen hat.

Sie war nicht Lehrerin geworden, weil ihr nichts Besseres eingefallen war, und noch weniger, um sich dem Arbeitsmarkt zu entziehen. Sie sehnte sich danach, das sanfte Gesicht zu sein, das die Kinder willkommen heißt, die vor ihrer Familie Zuflucht suchen. Sie hatte ihre Schüler ins Herz geschlossen, vor allem die Mädchen, so fleißig und stark, die sie kaum wiedererkannte, wenn sie ihnen mit einem kleinen Bruder an der Hand auf der Straße begegnete. Sie erkannte sich selbst in diesen Mädchen wieder, die die Mutter ersetzten, wenn diese in Hotelzimmern die Teppichböden saugte oder am Steuer einer Scheuersaugmaschine durch die Gänge eines Shoppingcenters fuhr. Sie wollte den Kindern das Lesen beibringen, die anstelle ihrer Eltern einkaufen gingen und zusammengestaucht wurden, wenn sie das Wechselgeld vergessen hatten. Sie spürt, dass das Leben an Würze verloren hat, dass Autonomie und Freude verschüttgegangen sind, ohne dass sie sagen könnte, wodurch. Es gibt zu viele ungreifbare Feinde, es erscheint unmöglich zu benennen, wogegen man kämpfen muss.

Ein nicht der Norm entsprechendes, unkontrollierbares

Kind hat sie im Verlauf einer x-ten unerklärlichen Krise gebissen; sie hat reagiert wie eine Frau, die keine Kraft, keine Energie mehr hat, der Situation angemessen zu begegnen. Man hätte sagen können: Sabrina ist unglücklich; sie hat sich unglücklich verhalten. Aber allzu offensichtliche Dinge stoßen auf keine große Akzeptanz. Man soll auf den abgesteckten Wegen bleiben – das Unvorhersehbare im Leben und an den menschlichen Reaktionen ist unzumutbar geworden. Das Leben muss algorithmisch, vorhersehbar, effizient sein. Sabrina denkt an die Sanktionen, die sie erwarten. Dutzende Rotzgören mit einem Hang zu Klatsch und Tratsch, zu Falschaussagen und viralen Videos, drohen zu bezeugen, was passiert ist, und ihre zum Lästern geborenen und skandalsüchtigen Mütter, deren Droge die Empörung ist und die überall, wo sie einen Fuß hinsetzen, verlangen, dass Köpfe rollen, werden ins Feld führen, dass ihr Kind das nie verarbeiten wird.

Sie geht bei ihrer Nachbarin vorbei, die Lina Knoblauchknolle oder kurz Knolle zu nennen pflegt. Die alte Frau mit den angeschwollenen Waden und Füßen schleppt sich mühsam zu ihrer Kochplatte; sie setzt Sabrina einen Fingerhut voll Kaffee vor, der von drei Löffeln Zucker aufgesogen wird. *Weißt du schon das Neueste, meine Große?* Sabrina zerbeißt die mit Bitterkeit getränkten Kristalle. Nein, natürlich nicht, sie weiß von nichts. Die Alte berichtet ihr, dass der Beweis für die Vergewaltigung des jungen Brunet ins Netz gestellt wurde – sie hat es sich nicht angeschaut, o nein, wie schrecklich –, und dass es in der Nacht schon rundgegangen ist. Sie scheint zwischen Erregung und Angst hin- und hergerissen zu sein – mit dem Alter fürchtet man sich mehr vor der Gewalt und romantisiert sie weniger. Sabrina antwortet ihr, die

Leute, die Mülltonnen anzünden, seien nicht dieselben, die ihr sonst die Handtasche wegreißen.

Meine Große, du hast nicht richtig verstanden. Es geht nicht um brennende Mülltonnen. Diesmal ist es ernst.

Sie hat ihren Satz noch nicht zu Ende gesprochen, als eine Explosion ertönt. Die Temperatur steigt plötzlich an, es riecht nach geschmolzenem Plastik und heißem Metall: drei Autos, die gleichzeitig in Flammen aufgegangen sind. In der Ferne hört man Polizeisirenen. Eine kräftige Frauenstimme stößt einen Warnruf aus, der verhallt. Fensterläden schließen sich. Die letzten Schaulustigen zerstreuen sich wie Blätter im Wind. Ein paar Minuten später ist die Straße abgeriegelt. Die Feuerwehr ist nicht gekommen. Sabrina gibt der Nachbarin einen Kuss auf die Stirn und läuft los. Sie weiß nicht, warum sie die Polizisten anfleht, sie durchzulassen, und ebenso wenig, warum sie es tun – wahrscheinlich halten sie sie für eine Verrückte. Sie rennt mühelos, ohne außer Atem zu geraten, mit dem Instinkt eines gehetzten Tiers, das auf seine Pfoten vertraut. Sie läuft über zersplittertes Glas, das den Asphalt übersät und die Hundehaufen bedeckt; sie fällt hin, spürt ihre zerschnittenen Handballen nicht einmal. Männer und Frauen werfen E-Scooter gegen die Fassade des Rathauses im 19. Arrondissement – die Wut macht sie federleicht.

Auf einer Hauswand steht frisch gesprayt »Gerechtigkeit für Enzo«. Auf Regenrohren, Pfosten, Gerippen von zerstörten Bushäuschen und Heckscheiben von verschont gebliebenen Autos kleben kleine Plakate mit dem Gesicht des Studenten. Auf gelbes Papier gedruckt, verwandeln sie die Straße in ein Butterblumenbeet. Eine Gruppe vermummter Leute setzt sich ab und steuert auf die Polizeipräfektur zu. Der Mann an der Spitze des Zuges ruft: »Sein Name!«, und man antwortet ihm: »Enzo Brunet!«, und stößt bei jeder Silbe die Faust in die Luft. Der Radau weicht einer Oper von Detonationen; Körper gehen zu Boden.

11

Die Boniteaus sehen bei Tisch nicht fern, und es läuft kein Radio, um die Gesprächspausen zu füllen. Das ist gut so, denn Paul muss schon seinen Bruder ertragen, der unablässig auf sein Handy schaut und kommentiert, wie der Pariser Osten sich entflammt, Straße um Straße, Meldung um Meldung. Paul wusste nicht, dass sein Bruder bei den Eltern zu Besuch war, um ihnen seine Tochter vorzustellen – er wusste nicht einmal, dass ein Kind unterwegs gewesen war. Das Schweigen der Mutter verrät eine Verschwörung gegen ihn. Er hat die Lebensgefährtin von François nie leiden können, und diese hat ihre Aversion gegen ihn, den sie auch noch Jahre nach Ende seiner Ausbildung als *den Metzgerlehrling* bezeichnet, ebenso wenig zu verbergen versucht. Da sie bereit war, sich fortzupflanzen, muss François wohl sehr gut verdienen – und Paul hat es immer noch nicht geschafft, sich die Bezeichnung für seinen Job zu merken, auch wenn er weiß, dass *Consulting* darin vorkommt.

Die Lebensgefährtin seines Bruders ist ein monströses Inbild des Müßiggangs; sie ist eine dieser grundsätzlich überforderten Frauen, allzeit bereit sich zu beklagen, ganz gleich, welche Frage man ihnen stellt, eine von denen, die sich schon in der Pubertät für den Kaiserschnitt entscheiden, die wissen, dass sie eine Veranlagung zur Wochenbettdepression haben, noch bevor sie auf einen Schwangerschaftstest pinkeln. Als Steueranwältin, die lange in London tätig war, hat sie mit Anfang dreißig begonnen, sich existenzielle Fragen zu stellen, und sich dann nach Österreich abgesetzt, um ein Retreat in einem buddhistischen Kloster zu absolvieren. Seitdem macht sie eine Tanz-, Eurythmie-, Gymnastik- und Pilates-Fortbildung nach der anderen, um in Lausanne ihre eigene Schule zu gründen. Ihre Tochter, Prana, ist zwei Wochen alt. Prana Becker-Boniteau. Die Großmutter wirbelt mit der gewindelten Miniatur herum.

François und die junge Mutter taxieren Aurélien unauffällig. Ihre Verachtung drückt sich unterschwellig aus, ein kaum merklicher Schatten in den Mundwinkeln. Sie reden von Griechenland und Italien wie von Hinterhöfen, von *Spots, um sich Zeit für sich zu nehmen*. Sie lieben den Süden Europas, sie lassen sich dort von mehr als rundlichen Frauen verwöhnen, die für Touristen die Mamma spielen. Wenn sie von ihrer Schlafkur zurückkommen, singen sie ein Loblied auf die südländische Lebenskunst, wiederholen jedoch im gleichen Atemzug, dass die Franzosen nicht genug arbeiten.

Sie haben gelesen, was der Lehrplan ihres Studiums ihnen diktierte, um nach bestandenem Abschluss nie wieder ein Buch aufzuschlagen. Sie machen sich über die Irrationalität des Durchschnittsfranzosen lustig, nehmen aber die Druiden und Hexen des Bois de Vincennes ernst. Sie wählen alle fünf Jahre gegen den Faschismus. Für sie ist der Kontinent ohne die Europäische Union zum Krieg verurteilt. Die Länder bestehen in ihren Augen allein in ihrem wirtschaftlichen Potential. Sie halten sich für Angehörige der kulturellen Elite, erwähnen Mitteleuropa jedoch nur wegen der *Kohle, die man da machen kann*. Sie sind stolz darauf, weiter zu blicken als die anderen; der kommende Winter ist ihnen völlig egal, das Einzige, was ihnen Angst machen kann, sind die Temperaturen im Jahr 2100. Ansonsten sind sie sehr nett.

Pranas Mutter erinnert ihn an das einzige Mädchen in seinem Leben, das erwähnenswert bleibt: Constance. Die Einzige, die er mit nach Hause gebracht und zwischen den von seiner Mutter gebügelten Laken geliebt hat. Constance verdankt er es, dass er bis zur Promotion durchgehalten hat – ohne ihre Unterstützung hätte er nach den ersten drei Studienjahren aufgegeben. Constance hatte sich Knall auf Fall in ihn verliebt. Sie hatte es ihm erst ungeschickt, dann freiheraus zu verstehen gegeben, auf die Gefahr hin, die nicht besonders subtile Freundschaft zu verlieren, durch die sie sich ihm genähert hatte. Er hatte sich darauf eingelassen, ohne recht zu verstehen, wie ihm geschah. Es hatte Constance gefallen, dass er war wie sie, aus gutem Haus, ein Junge aus Sèvres, einer, der vor ihrem bürgerlichen Vornamen nicht das Gesicht verzog; sie hatte in Nanterre einen Kameraden gefunden, einen wohlerzogenen, geistreichen Jungen; sie las, was er las; er brachte sie weiter, aber sie hatte etwas, das ihm fehlte: den Biss, den man Ehrgeiz nennt.

Er las voller Gier und Leidenschaft; sie las aus dem Verlangen heraus, sich von ihren Jura-Schwestern abzuheben, die auf monströse Weise pragmatisch waren. Von der Sorte, die immer nur »das gute Recht« im Mund führen. Auch wenn sie weniger las als Paul, hatte sie die Gabe, die kleinste Prosazeile auszuschlachten, um als gebildeter dazustehen, als sie es war; ihr Vater kannte die Pariser Literaturszene, weil er einer der Anwälte der großen Verlage war; sie brauchte keine Angst zu haben; sie musste nur warten, bis sie an der Reihe war.

Sie bestanden beide ihre Licence; Constance mit besseren Noten als Paul. Er schrieb sich weiter in Literaturwissenschaften ein, und Constance am Institut für Kommunikation und Information an der Sorbonne. Nach sechs Monaten Beziehung platzte Constance vor Liebe; sie sah in Paul ihren Verbündeten, ihren Weggefährten, aber auch ein Vorbild in intellektueller Rechtschaffenheit, jemanden, der sie, wenn sie erst einmal aufgestiegen wäre, zu den wirklich wichtigen Dingen zurückbrächte. Sie würde sich bei ihm intellektuelle Nahrung holen, bei dem prekären Akademiker, der Zeit hätte, alles zu lesen, was sie nicht schaffte, weil sie zeitintensive, dämliche Aufgaben für mittelmäßige, einträgliche Autoren zu erledigen hätte. Er würde für sie Zusammenfassungen seiner Lektüren erstellen. Er würde zu Hause bleiben und unterbezahlt arbeiten, um der reinen Liebe zur Literatur willen; sie würde zum Untergang derselben beitragen. Paul wusste genauso gut wie sie, dass es in den nächsten Jahren bergab gehen würde. Er redete davon zu lernen, mit den Händen zu arbeiten; sie hatte Gemüseanbau vorgeschlagen, für ihr Haus im Perche. Sie hatte an alles gedacht.

Und das war das Problem, denn Paul war langsam; während Constance ein Leben zu zweit anpeilte, gewöhnte er sich gerade erst mit Mühe an die Vorstellung, nicht allein zu schlafen. Er lebte bei seinen Eltern; Constance wohnte in einem kleinen Studio, das ihr Vater für das Studium seiner Töchter gekauft hatte, und Paul kam nie auf die Idee, über Nacht dort zu bleiben, wenn er nicht ausdrücklich darum gebeten wurde. Nachdem Constance dies festgestellt hatte, hielt sie es ihm so oft wie möglich vor. Für sie konnte sein Mangel an Initiative, sein offensichtlich mangelnder Wunsch nach einem gemeinsamen Leben, und sei es nur sporadisch, nur bedeuten, dass seine Liebe zu schwach war. Er hatte mit diesen Beschwerden Mühe, denn was ihm vorgeworfen wurde, traf es nicht einmal: Wenn er nie auf die Idee kam, bei Constance zu übernachten, dann aus Unbeholfenheit. Er konnte es nicht ertragen, sie wegen seiner Dummheit, seiner Plumpheit leiden zu sehen; seine Ungeschicklichkeit verdiente keine solchen heißen Tränen. Er wusste nicht, wie er sie überzeugen sollte.

Nach zwei Jahren erkannte Paul, dass er sie liebte. Es war keine Liebe, die mit der ihren vergleichbar war; sie war weder absolut noch bedingungslos; es handelte sich vielmehr um eine verdiente Liebe, um einen tiefen Respekt, gepaart mit der zärtlichsten Zuneigung. Er liebte sie, weil sie ihm Tag für Tag gezeigt hatte, dass sie ihn hundertfach liebte. Sie hatte unermüdlich ein Feld bewässert, damit ein kleines Samenkorn keimte. Pauls aufrichtige und vernünftige Liebe balancierte Constances einsame Leidenschaft aus; hätte man Paul Zeit gelassen, wäre er schließlich am gleichen Punkt wie seine Dulzinea angelangt, wenn diese sich schließlich von den Ketten der blind machenden Liebe befreit hätte. Aber es war zu spät. Constance war dieses sinnlosen Kreuzzugs überdrüssig geworden.

Als Paul erkannte, dass er keine Angst mehr vor Constances Träumen hatte, hatte diese aufgehört, sich in Fantasien zu ergehen. Nach ihrem Praktikumsjahr unterschrieb sie ihren Arbeitsvertrag beim Verlag Flammarion, während Paul sich auf die Suche nach Fördergeldern für seine Doktorarbeit begab. Er bekam kein Stipendium. Er zog bei ihr ein, was sie als bloßen Eigennutz auffasste. Pauls Gegenwart begann sie zu stören. Sie misstraute ihm, befürchtete, dass er sie als Melkkuh benutzte. Sie schrieb alle ihre Ausgaben auf. Sie fand Gefallen an ihrem neuen Beruf; ihr Anerkennungsbedürfnis war kolossal.

Sie war lebhaft, schlau, wendig, und sie hatte die Gabe, sich alles zu merken, ohne je irgendetwas zu notieren – eine gute Schülerin, ohne allzu streberhaft zu sein, eine Schlaubergerin im Blümchenkleid. Sie erinnerte sich an ziemlich alles, was ihre Kollegen sagten, scheinbare Banalitäten, die diese sofort wieder vergaßen und die sie im passenden Moment wieder hervorkramte; dann staunten sie beglückt darüber, dass eine hübsche kleine Rothaarige genauso dachte wie sie. Indem er sich für die Promotion entschied, wusste Paul, dass er den Eintritt in die Farce des Berufslebens nur aufschob. In Constances Augen erschien er nunmehr als ewiger Jugendlicher, und sie ließ sich von einem sabbelnden alten Lustmolch mit astronomischen Spesen umwerben.

Constance betrog Paul nicht; auf sexueller Ebene hatte sie von den ersten Regungen an das Gefühl gehabt, dass er nicht an das heranreichte, was zu finden wäre. Er bewies in diesem Bereich nicht mehr Initiative als in anderen Situationen. Sie konnte sich nicht dazu durchringen, ihre Lust anderswo zu befriedigen, aber sie entzog ihm ihre Zuwendung im Bett – er stieß sie nicht ab, es war schlimmer: Er machte sie rasend. Sie hatte im Alltag keine zärtlichen Gesten mehr für ihn übrig, und so erschien dieser Alltag auf grausame Weise grauer, leerer als zuvor. Er fühlte sich vernachlässigt, auch wenn er verstand, dass Constance nicht mehr in der Lage war, ihn jedes Mal zu retten, wenn ihn der Überdruss überkam; sie mochte, was sie machte. Sie konnte ohne Angst Pläne schmieden; für sie war die Zukunft ein Versprechen, eine freie Straße, die vor ihr lag; sie war die personifizierte Kampfansage an die Verdrossenheit, die sich des Landes bemächtigt hatte. Sie hatte Besseres zu tun, als Paul immer wieder zu ermutigen, so wie man am Ende des Tages sein Handy auflädt. Selbst wenn er dazu Lust gehabt hätte, wäre es ihm nicht möglich gewesen, ihr in die Bezichungskreise zu folgen, die sie sang- und klanglos um sich herum aufbaute. Er hatte nicht das geringste Talent dafür, sich zu verkaufen.

Paul knüpfte in den sozialen Netzwerken ein paar leere, rein phatische Kontakte mit unbekannten Frauen. Er versuchte, seine Einsamkeit in einem entmaterialisierten Parallelleben zu mildern, in einer Lüge, in der es ein Plätzchen für ihn gäbe. Er hatte nicht die geringste Absicht, jemanden kennenzulernen, schickte aber Einladungen an die, deren Profilbild eine Neigung verriet, sich zu enthüllen. Er tändelte mit Frauen, denen dieses Wort fremd war. Manche fühlten sich im Umgang mit ihm wahrscheinlich intelligent, andere träumten von einer gemeinsamen Zukunft – in ihrer Naivität glaubten sie, einen Seelenverwandten zu finden, wenn sie nur ihre Brüste entblößten. Die meisten von ihnen waren leichtgläubig und anhänglich; ihre Reize waren Köder, die sie auswarfen, um einen Mann an Land zu ziehen, der nicht gefangen werden wollte. Die Beziehungsmisere schlägt tiefe Wunden. Die tägliche Erfahrung des Abgrunds zwischen dem ausgestellten Selbst in der digitalen Welt und der Wirklichkeit ist schmerzhaft.

Die Technologie der Zurschaustellung zog eher die Männer an. Eine Frau, und sei ihre Bedrängnis noch so groß, hätte es lächerlich gefunden, Unbekannte zu beäugen – ohnehin hatte eine nicht allzu anspruchsvolle Frau keine Mühe, ihre eiligsten Bedürfnisse schnell zu befriedigen, so zahlreich waren die Kandidaten im anderen Lager. Was sollte sie da durchs Internet irren, um männliche Körper zu begaffen. Die Geschlechter hatten nicht das gleiche Verhältnis zum Imaginären. Ein Mann konnte sich von einer hässlichen Frau angezogen fühlen – die Hässlichkeit konnte sich sogar als die Quintessenz seiner Fantasien erweisen. In ihrem erotischen Seelenleben legten die Männer eine unglaubliche Komplexität an den Tag, eine Vielschichtigkeit, die ihnen in fast allen anderen Bereichen des Lebens fehlte. In dem Zurschaustellungswettlauf, der als Fortschritt präsentiert wurde, war der Körper der Frauen zugänglich, banalisiert.

Constance entdeckte in Pauls Handy Dutzende Screenshots von Brüsten mit Dehnungsstreifen – zumindest verriet er seine Liebe zum Authentischen nicht. Es war hoffnungslos, die Männer hatten etwas an sich, das sie zwar verstehen, aber nicht ertragen konnte. Sie wusste, dass Paul ihr körperlich treu war. Aber die Vorstellung, dass er den Sirenen des Voyeurismus erlag, statt um seine Beziehung zu kämpfen, setzte ihr zu. Er hielt diese Chats am Laufen; Constance sah genau, wie er, wenn ein paar Tage Funkstille herrschte, versuchte, das Feuer erneut zu entfachen, oft mit einem humoristischen Foto, das er in der gleichen Minute an fünf verschiedene Frauen schickte. Er teilte mit ihnen geistreiche Sprüche, von denen sie bis dahin geglaubt hatte, sie seien ausschließlich ihr zugedacht.

Constance hatte ihre ganze Kindheit lang ihren Vater am Arm anderer Frauen gesehen, ohne dass ihre Mutter irgendwelche Einwände dagegen vorgebracht hätte. Die Zukunft ihrer drei Töchter war ihr wichtiger als ihr Stolz; es gab da einen bürgerlichen Instinkt, ein Verlangen, den Kindern etwas zu bieten, wofür eine Mutter allein nicht aufkommen kann – der Pragmatismus hatte gesiegt, zum größten Glück ihrer Töchter, die sich ihre Zukunft hatten aussuchen können, ohne dass Geld je ein Problem darstellte. Für ihre Eltern war die Ehe ein Vertrag mit vielfältigen Klauseln, und die Liebe kam darin nicht einmal am Rande vor. Die Mutter hatte sich gerächt, indem sie sich die besten Plätze in der Comédie Française schenken ließ; sie verlangte Bayreuth, Korsika, Sizilien und die schönsten Pumps; und sie bekam alles. Aber Constance konnte sich für einen anderen Weg entscheiden; etwas im sogenannten Zeitgeist nahm den jungen Frauen, die es sich leisten konnten, die Lust, sich auf dieses gezinkte Spiel im ewigen Schwindel des Ehelebens einzulassen. Die Erfahrung mit Paul, dessen jämmerliche lyrische Ergüsse für ebenso klägliche Unbekannte sie hinter seinem Rücken las, flößte ihr einen tiefen Abscheu vor den Männern ein.

Schürzenjäger, Aufschneider, Mythomanen hatte es immer gegeben. Früher reichte ihr Schädlichkeitspotential nicht über die Dorfgrenzen hinaus. Die Nachbarn warnten die Mädchen, und der spöttische Blick der Dorfbewohner diente dem Strolch als lehrreicher Spiegel. Heute zeigte man sich verfügbar, ohne jede Einschränkung, ohne jeden Schutz, und niemand warnte irgendjemanden. Constance wusste, dass alle Männer, auch die höflichsten, aufrechtesten, brillantesten, sensibelsten, feinfühligsten, wie Paul, den sie trotz allem liebte, dazu neigten, die Konkurrenz unter Frauen zu befördern – welche zog die meisten Blicke auf sich, welche hatte die meisten Verehrer an der Angel, welche gab sich unterwürfig und voller Begehren, auch wenn sie sich in ihrem sonstigen Leben als Feministin bezeichnete. Nachdem sie diese Feststellung verdaut hatte, verabschiedete sich die junge Frau von ihren bisherigen Erwartungen. Es war ihr nicht mehr möglich, einen in der Pubertät steckengebliebenen Onanisten mit seinen grotesken Fantasien zu begehren. Die pornokratische Ideologie befiel alle Männer und brach alle Frauen, und diese sprachen vor lauter Angst, als reaktionär oder rückschrittlich zu gelten, nicht davon, wie sie darunter litten.

Constance hatte fest vor, sich mit ihrer Bankkarte zu revanchieren. Mit ihrem eigenen Geld würde sie ihre Mutter rächen; sie war entschlossen, keinem Mann etwas zu schulden, auch wenn das bedeuten sollte, auf das sehr relative Glück der

Mutterschaft zu verzichten. Sie hatte Besseres zu tun, als sich auf den libidinösen Klickwettbewerb einzulassen. Sie konnte, jung wie sie war, die bösartige Konkurrenz unter den Frauen nicht ertragen, um derentwillen sie sich mehr und mehr entblößten. Sie mochte hübscher, gebildeter, klüger sein als all diese Unbekannten, doch mit ihrem Narzissmus und Exhibitionismus konnte sie nicht mithalten. Auch wenn die Männer es grotesk und verachtenswert fanden – denn sie alle hätten ihrer Tochter oder ihrer Schwester verboten zu tun, was sie die Schwestern der anderen gerne tun sahen –, ließen sie sich doch bereitwillig auf das Spiel ein.

Früher konnten die Männer nicht ohne ihre Gattin leben, denn die Frauen waren ans Haus gefesselt; selbst wenn die rechtmäßige Ehefrau, von den schnell aufeinanderfolgenden Schwangerschaften und den Härten des bäuerlichen Lebens lädiert, nicht sehr begehrenswert war, behielt sie im Leben ihres Mannes doch das Monopol; das war nicht fotogen, aber es funktionierte. Die Frauen konnten nicht ohne ihren Mann leben, der mit der Kraft seiner Arme die Familie ernährte. Männer und Frauen waren in der symbiotischen Beziehung, die von der unkontrollierten Fortpflanzung diktiert wurde, voneinander abhängig. Mit der Geburtenkontrolle wurden die Männer im Leben der Frauen zu Stieren: fette Wesen, die viel Geld kosteten, zu nichts nutze waren, die nichts taten und die man sich für ein oder zwei mögliche Kinder warmhielt. Ihr Samen war teurer als geschmolzenes Gold. In der Hoffnung auf ein Kind musste man jahrelang einen Typen unter seinem Dach ertragen, der keinen Nagel in die Wand schlagen konnte, ohne in der Notaufnahme zu landen.

Von den jungen Mädchen, die jenseits des wirklichen Lebens ihre Anziehungskraft erprobten, statt sich auf ihr Studium zu konzentrieren, bis zu den allein vor sich hin alternden Frauen, die wegen ihres beginnenden Zerfalls Bestätigung suchten, waren es Millionen, die sich entblößten, die sich lächerlich machten und demütigten, um lediglich als Wichsvorlage von sarkastischen Unbekannten zu enden, die sich nicht genierten, die Situation auszunutzen. Das war die erbärmliche Realität hinter jedem anzüglichen Foto, das online gestellt wurde. Die ersten Opfer waren die Mittelalten: zu alt, um sich etwas beweisen zu müssen, und zu jung, um Bestätigung zu brauchen, die Prüden, die Mütter.

Eines hatte Constance von ihrer Erziehung zurückbehalten: die Schamhaftigkeit. Nicht die überzogene Schamhaftigkeit der Bigotten, sondern ein Bedürfnis, ihren Körper nur ihrem nahen Umfeld, nur vertrauenswürdigen Leuten zu zeigen; eine Schamhaftigkeit, die durch ein gesundes intellektuelles Selbstbewusstsein gestützt wurde: Sie wollte eher angehört als angeschaut werden; sie wünschte, für ihre Arbeit anerkannt zu werden, nicht für ihre dargebotenen Brüste. Sie fühlte sich frei, wenn sie arbeitete, wenn sie sich ruhig mit jemandem unterhielt, wenn sie spazieren ging, wenn sie wusste, dass sie Liebe machen konnte, ohne den Männern ihrer Familie Rechenschaft ablegen zu müssen – nicht, wenn sie ihren Hintern zur Schau stellte. Sie wäre nicht in der Lage gewesen zu tun, manches zu tun, was andere taten – es wäre ihr körperlich unmöglich gewesen. Aber diese Hemmungslosen schadeten ihr und wussten es, denn es erlaubte ihnen, sich über sie lustig zu machen und sich so für ihr eigenes Leben zu rächen. Sie wusste, dass sich an ihr Streit entzündete, dass sie für Frauen, die sie im wirklichen Leben keines Blickes würdigten, einen Quell des Neids darstellte.

Eines Abends setzte Constance, sobald Paul seine Schuhe

ausgezogen hatte, mit bebender Stimme zu einem Monolog an. Er war den Erwartungen nicht gewachsen, auch wenn sie nie viel von ihm erwartet hatte, einfach nur, dass er fähig wäre, etwas weniger perfekt das Gleiche zu machen wie sie. Sie war, ohne es zu wissen, ein Profi der Liebe, eine Athletin des Beziehungslebens, in der Lage, für zwei zu denken, ohne sich zu vernachlässigen, und sich um alle häuslichen Details zu kümmern, die das Leben leichter machten, ohne dass Nichteingeweihte es mitbekamen. Paul konnte auf dieser Ebene nicht mit ihr mithalten; sie hatte immer mehr für ihre Beziehung getan als er. Sie blieb gefasst, wählte ihre Worte mit Sorgfalt, fragte ihn regelmäßig, ob er mit ihrer Darstellung des Sachverhalts einverstanden war, seufzte jedes Mal erleichtert, wenn er stumm nickte. Dann teilte sie ihm mit, dass er über den Abend verfügte, um seine Sachen zu packen. Sein Gesicht war vor Enttäuschung verzerrt. Sie betrachtete ihn voller Mitleid. Paul war wie vor den Kopf geschlagen. Er fragte, ob es einen anderen Mann gebe. Sie lachte schrill auf.

Nein, da ist niemand. Ich will dich einfach nicht mehr.

12

François meldet den Tod eines Mannes auf der Place des Fêtes. Die Information lautete: Um elf Uhr siebenundzwanzig ist ein zweiunddreißigjähriger Mann verstorben – man weiß also nicht, ob es sich um einen Polizeiübergriff oder einen Mord seitens der Demonstranten handelt. Madame Boniteau steht unter Schock, wenn auch in Maßen. Aurélien sagt nichts. Er tunkt seinen Teller mit Brot aus wie ein Soldat, der in der Kaserne seine letzten Fritten genießt. Boniteau Vater lässt es sich nicht nehmen, voller Emphase über das Leben zu salbadern, das man zu genießen wissen müsse, ohne es je unnötig aufs Spiel zu setzen. Jeder in seiner Rolle und an seinem Platz, in der unwandelbaren Ordnung der Bourgeoisie, die Jahrhundert um Jahrhundert die Gewalt beklagt, ohne je zu begreifen, in welchem Sud diese gärt. Paul geht in sein altes Zimmer. Seine Promotionsurkunde hängt gerahmt über dem zugemauerten Kamin.

Nachdem Constance ihn hinausgeworfen hatte, beschloss er, zum Mann zu werden. Seine Schwester war im fünften Medizinstudienjahr und sein jüngster Bruder steckte noch im Geschichtsgrundstudium; da wollte er seine Eltern nicht um Geld anbetteln. Er fand eine Stelle an der Rezeption eines Franchise-Hotels, eine Vertretung für den Sommer. Er musste am Empfang ein kurzärmeliges Hemd und einen Anstecker mit seinem Vornamen und einem Smiley tragen. Auf einem Plastikschrank mit Türen aus Mahagoni-Imitat stand ein kleiner Fernseher mit Antenne; gegen die extreme Hitze hatte er lediglich einen Tischventilator. Er lebte zwei Monate lang ein paar Zentimeter über den schwachen Luftzug gebeugt. Noch lange später erinnerte er sich, wie ein Vertreter namens Jean-Loup Renard als Gast ins Hotel gekommen war. Seine Wampe hatte ein paar Sekunden vor seiner Nase die automatische Schiebetür passiert. Paul hatte sich wegen seines Namens ein Wortspiel mit Reineke Fuchs und Isegrim erlaubt. Der Gast hatte ihn abschätzig angeschaut und mit einem schmalen Lächeln bedacht, um dann eine Moralpredigt darüber vom Stapel zu lassen, wie wichtig es war, sich zu bilden; er selbst hatte seine Buchhalterlehre mit der Bestnote abgeschlossen, in einer Zeit, als man sich die noch verdienen musste; durch Talent und Zielstrebigkeit hatte er dann in der Firma seines Schwagers die Karriereleiter erklommen.

Während er seinen Vortrag abspulte, reckte und streckte er einen rötlichen Hals voll blühender Leberflecke, aus denen lange schneeweiße Borsten hervorsprossen. Paul hatte nichts erwidert. Er war ein niederer Angestellter, einer von denen, die dafür bezahlt wurden, im Unrecht zu sein. An diesem Tag bekam er eine Kostprobe vom Gefühl der Demütigung, von den Vorurteilen, die die kleinen Leute auf Schritt und Tritt begleiten, und vom Gebot, die Klappe zu halten, um sein Auskommen nicht zu gefährden; eine Realität, mit der seine Eltern nie konfrontiert gewesen waren; eine Episode, über die er abends bei Tisch schwieg. Seine Eltern hatten außer ihm drei Kinder, die keine Probleme machten – der Älteste hatte eine der drei besten Wirtschaftshochschulen des Landes besucht und arbeitete damals zwischen Paris und Hongkong.

Pauls prekäre Jobs waren in den Augen von Monsieur und Madame Boniteau nichts als ein Fundus für spätere Anekdoten, eine Art, für eine Weile das Bohème-Leben auszuprobieren – wie reizend. Von der Renard-Episode hatte Paul das Brennen der zurückgehaltenen Tränen, die zuckenden Lider, die Galle in der Speiseröhre, die zittrigen Hände und das Herzrasen nie vergessen, die ihn noch minutenlang gequält hatten, nachdem der salbadernde Fettwanst gegangen war. Er, dem man immer gesagt hatte, er sei genial, er werde es weit bringen, war zum ersten Mal in seinem Leben von oben herab behandelt worden.

Nach dem Abendessen hatte sich Paul in einer Kneipe mit Kommilitonen getroffen. Diese waren auf rätselhafte Weise sorglos: Sie machten Pläne; sie hatten keinerlei Zweifel, redeten von Klausuren, Leistungspunkten, möglichen Gap Years, die sie sich als Ferien am anderen Ende der Welt vorstellten. Paul hatte die Bedienungen nicht aus den Augen gelassen, die sich mit eingezogenem Bauch zwischen den Tischen hindurchschlängelten und denen man manchmal ein paar Cents Trinkgeld hinterließ. Er hatte sich diesen gehetzten jungen Männern und Frauen nahe gefühlt.

Sie beeilten sich, die leeren Biergläser abzuräumen und die vollen, von denen träge der Schaum überschwappte, vom Tresen abzuholen. Er würde es bis zur Promotion schaffen; das wusste er. Er hatte keine Angst vor geistiger Überbeanspruchung. Für die akademische Arbeit verfügte er über all die Ausdauer, die er in der Liebe nicht einmal ansatzweise aufzubringen vermocht hatte. Er besaß den entsprechenden Ehrgeiz, den Biss des Athleten, ein gesundes Feuer. Aber angesichts dieser jungen Leute, die im Kneipenlärm hin und her liefen, um den Durst der Kunden zu stillen, die genauso alt waren wie sie, hatte er gespürt, dass sein Schicksal sich unaufhaltsam dem ihren annäherte.

Dann drehte das Karussell der Jobsuche und der Vorstellungsgespräche sich weiter. Er sammelte auf der Straße Spenden für verschiedene Nichtregierungsorganisationen – eine Arbeit, die anständig bezahlt wurde, sofern man völlig unrealistische Ziele erreichte. Die meiste Zeit erntete er nichts als Körbe und Beschimpfungen. Er versuchte, die Leute beim schlechten Gewissen zu packen, am Ende diskutierte er mit untröstlichen alten Frauen; sie fanden es sehr löblich, was er da tat, konnten aber nichts spenden; ein Glück, dass es junge Leute wie ihn gab – ihre ehrlich betrübte Miene gegenüber seiner Augenwischerei drehte ihm den Magen um. Er fühlte sich schmutzig.

Er versuchte, Patenschaften für Waisenkinder mit großen Kulleraugen zu vermitteln; die Schwarzweißfotos strichen ihre Magerkeit hervor. Er plädierte für die Rechte von HIV-Positiven und Homosexuellen. Er bewarb mit bebender Stimme den Schutz von Pekaris und Korallenriffen. Er schämte sich so sehr, dass er es vorzog, in einem Warenlager Paletten zu verschieben. Wie ein Verzweifelter, der überall gegen Wände rennt, beschloss er, alles anzunehmen, was die Zeitarbeitsfirma ihm anbieten würde.

Paul wurde mit Telefonkampagnen betraut, er arbeitete als Call Agent, als Rezeptionist, als Klomann mit einem pompösen Titel auf der Lohnabrechnung, als Reinigungskraft, Regalauffüller, Kassierer; er akzeptierte seinen Stand als Proletarier der Dienstleistungsgesellschaft mit Fatalismus und Neugier; er las in den öffentlichen Verkehrsmitteln und kaufte alles, was er haben wollte; er ging regelmäßig aus; er gewann an Redegewandtheit: Er hatte die staubigen Gänge der Universitätsbibliotheken verlassen, um in die Melasse der Wirklichkeit einzutauchen, die ihm Material lieferte. Er hatte Dinge zu erzählen und Talent; Bettgefährtinnen zu finden war einfach, er hatte bald genug davon. Da sein Bruder und seine Schwester ausgezogen waren, verfügte er im Haus seiner Eltern über eine ganze Etage für sich allein, trug aber nur sporadisch zu den Haushaltskosten bei. Er sparte eine Menge.

In den Callcentern, in denen er arbeitete, wurden die Beschäftigten zunehmend algorithmischen Analysen unterzogen, die auf Stimmerkennung beruhen, mithilfe einer Blackbox, die den Ton überwachte und die Leistungen verzeichnete. Sie wurden ständig evaluiert und lebten in der Angst vor den Bewertungen. Für alle, die die Erfahrung gemacht hatten, war dieser Job der reine Wahnsinn; man musste energisch und empathisch wirken, vor allem gegenüber unausstehlichen Kunden, die in Watte gepackt werden sollten wie Frühgeburten, trotz enger Zeitvorgaben und strenger Verhaltensregeln, man musste jede Äußerung und Bemerkung der kontaktierten Personen notieren, festhalten, wann der richtige Moment für einen erneuten Anruf wäre, ein komplexes Geschäftsangebot im Schlaf beherrschen … Das alles für sieben Euro die Stunde, in einer Gegend, wo selbst in den Vorstädten keine Single-Unterkunft unter sechshundert Euro zu finden war.

Im Laufe der Jahre beobachtete Paul, wie der auf die Arbeitswelt angewandte Werbediskurs bewirkt hatte, dass man ungeheure Rückschritte akzeptierte: Die Büros waren dematerialisiert worden und die Handlanger des Dienstleistungssektors hatten es als neue Freiheit geschluckt, von zu Hause aus arbeiten zu müssen, am eigenen Computer, auf die eigene Stromrechnung.

Ohne dass irgendjemand sich hätte widersetzen können, war das Leben den Datacentern gewichen. Viele formalisierte, banale und unerlässliche kleine Interaktionen waren von Maschinen übernommen worden: Man musste mehrmals täglich seine Adresse und sein Geburtsdatum angeben, um sich etwas zu essen zu bestellen, seine Einkünfte zu melden, eine Bahnfahrkarte zu kaufen, ein Hotelzimmer zu reservieren, Parfum zu kaufen, in der Bibliothek ein Buch zu bestellen oder seine eigene Lohnabrechnung herunterzuladen. Anonymität war nur noch eine Erinnerung. Es war unmöglich, einen Menschen ans Telefon zu bekommen; auf häufig gestellte Fragen antworteten Roboter. Sonderfälle, neue Situationen, Kursänderungen fanden in den von den Algorithmen vorgegebenen Rastern keinen Platz. Die durch Statistiken gelenkte Welt hasste Originale, chaotische Lebensläufe, atypische Intelligenzformen, Autodidakten und generell alle, ob schön oder hässlich, jung oder alt, stark oder schwach, die eigenständig waren.

In Rekordzeit Berge von Waren sortieren, Lastwagen über Nacht entladen, auf der Toilette die Uhr im Auge behalten, zum Trinken um Erlaubnis bitten, in Lagerhallen Paletten verschieben, sich in jedem neuen Job binnen weniger Minuten mit einem neuen Umfeld vertraut machen, beim Gemüseschälen über Ohrhörer Anweisungen empfangen, Waren scannen, Hunderte von Codes für nichtetikettierte Artikel im Gedächtnis speichern: Das alles verlangte Geschick, Kraft, Konzentration, Ausdauer und zwischenmenschliche Fähigkeiten, die alles andere als selbstverständlich waren. Die unqualifizierte Arbeit war so vielfältig wie die nötigen Kompetenzen, um sie auszuführen, und weit entfernt von dem Bild der Jobs für geistig Minderbemittelte, das ihr anhaftete.

Zwischen seinen Eltern, seinen letzten Freunden von der Uni, den Mädchen, denen er sich mit immer weniger Energie widmete, seiner Arbeit an der Doktorarbeit und seinen Lektüren war Paul hin- und hergerissen, gespalten, nie der Gleiche, nie ganz er selbst. Er war unbeständig, lädiert, wusste nicht einmal mehr genau, was er wirklich dachte. Zehn Jahre später ist er ein Mann, bereit, die Angst hinter sich zu lassen.

13

Trotz allem brachte er seine Doktorarbeit zu Ende. In den letzten sechs Monaten vor der Abgabe hatte er es sich erlaubt, nicht eine Stunde arbeiten zu gehen. An körperliche Betätigung gewöhnt, fand er den Schreibvorgang etwas dröge und schrecklich sinnlos. Er spürte, wie er weich wurde wie ein Stück Butter in der Sonne. In einem letzten Anfall von Raserei verteidigte er seine Dissertation, mit Erfolg. Er hatte sicher jeden Sinn für die Kluft zwischen Selbst- und Fremdwahrnehmung verloren, denn auch wenn er nicht das Gefühl hatte, sich auf der Höhe seiner Fähigkeiten gezeigt zu haben, fand man ihn großartig, selbstbewusst, brillant – eine Frage der Stimmlage, der Haltung und der gespielt aufrichtigen Blicke. Summa cum laude.

Der alte Herr, der das Ergebnis mit leicht zuckendem Kinn verkündete, wandte sich sodann ans Publikum, um zu erläutern, dass es sich hierbei um die bestmögliche Bewertung handelte. Er bekam Applaus. Dann verschwamm alles eine Woche lang. Er konnte nicht mehr fliehen. Er bewarb sich auf die Stellen, die an den Hochschulen ausgeschrieben waren. Er wurde zu einem Vorstellungsgespräch nach Rennes eingeladen, bekam die Stelle jedoch nicht. Dann hatte er ein Gespräch in Grenoble. Die Ausschreibung wirkte, als wäre sie allein auf das Profil des letzten Doktoranden des Instituts zugeschnitten. Es folgte ein Gespräch in Montpellier, vergebens. Er wiederholte das demütigende Spielchen knappe zehn Mal, bevor er aufgab.

Eines Morgens stand Paul nicht auf. Seine Mutter stieg auf Zehenspitzen die Treppe hinauf, als wolle sie es vermeiden, einen Sterbenden zu stören, und stellte sich bleich und mit dem Ausdruck einer Pietà vor ihn hin. Für sie war es unvorstellbar, dass man sich weigerte, aus dem Haus zu gehen; wie sollte man sich ohne Arbeit beschäftigen? Auf den Ruhestand zuzugehen war für sie, die damals noch kein Enkelkind gehabt hatte, mit dem man die Zeit totschlagen konnte, entsetzlich gewesen. Und er war doch in den besten Jahren. Er würde sich am Ende sicher anziehen, waschen und zum Frühstück herunterkommen; die noch warmen Toasts waren mit einer Pfütze geschmolzener Landbutter bedeckt; dicke Salzkristalle vermengten sich mit der hausgemachten Kirschmarmelade. Diese Köstlichkeiten waren es doch wohl wert, seiner kleinen Laune ein Ende zu setzen. Welcher vernünftige Mann hätte nicht seinem Magen zuliebe jedes Prinzip fallengelassen?

Doch Paul ließ sich vom appetitlichen Duft nach Toast und Kaffee nicht umstimmen; aus dem Radio drang einvernehmliches Gelächter zu ihm herauf; und er wusste, dass er das Richtige tat. *Nun komm schon, mein Liebling, warum machst du eine solche Szene? Geht es dir nicht gut? Hast du hier nicht alles, was du willst?* Die bebende Stimme war herzzerreißend. Die Mutter griff nach der Hand ihres Sohnes und drückte sie; die Daumen hinterließen Abdrücke im müden Fleisch. Der Vater kam hoch. Im Vollgefühl seiner Wichtigkeit hielt er mit seiner Freude nicht hinter dem Berg, große Lektionen über das Leben vom Stapel lassen zu können. Die Emphase wurde ebenso selten hervorgeholt wie das Tafelsilber.

Pauls Körper versagte den Dienst. Was von ihm übrig blieb, weigerte sich, den Bühnenanweisungen dieses absurden Stücks zu folgen. Er würde keine einstudierten Verkaufsargumente mehr abspulen; er würde keinem Abteilungsleiter mehr Rechenschaft ablegen; er würde kein professionelles Lächeln mehr aufsetzen; er würde aufhören, in der Hoffnung, die Sympathie irgendwelcher Fremden zu gewinnen, die er nie wiedersehen würde, abgedroschene Floskeln herunterzubeten; er würde nicht mehr versuchen, Konflikte mit Streithammeln zu vermeiden, die diese brauchten, um sich lebendig zu fühlen. Gegenüber wütenden Kunden, die zu dumm waren, um einfache Sätze zu verstehen, würde er nicht mehr so tun, als hätte er sich nicht klar ausgedrückt; er würde sich nicht mehr beschimpfen lassen; er würde sich nicht mehr bei Leuten entschuldigen, die ihn anrempelten, ohne auch nur zu versuchen, ihm aus dem Weg zu gehen. Er würde aufhören, sich für intelligenter zu halten, wenn er Dummköpfen nicht antwortete.

Er würde seine Selbstaufgabe nicht mehr als Realitätssinn verkleiden; die Realität war da, eins und unwandelbar: an der Decke, in der Fliege, die über seinem Kopf perfekte Rechtecke flog, in der Matratze mit den mit Lavendelwasser gebügelten Laken, in den Katzenhaarbüscheln, die im Teppichboden hingen, in den anmutigen Bewegungen der Trauerweide, in den zarten Lichtstreifen, die die Sonne durch die Lamellen der Jalousie fallen ließ.

Paul wäre lieber liegen geblieben, bis der Hunger ihn dahinraffte, als sich dieser Trägheit zu entreißen, diesem vollen Bewusstsein seiner selbst, das er endlich genießen konnte. Er war nicht allein; er war vom Universum durchdrungen; jedes Staubkorn hatte einen Sinn; die Regenwürmer waren an ihrem Platz (die Regenwürmer waren wunderschön, genauso wie die Käfer, die Ameisen, die samtweichen Pilze); die Vögel sangen Psalmen; die Sterne verrieten sein Schicksal: Alles erschien vollkommen – sofern er von den Menschen absah. Vielleicht war es wahr und die Menschen waren die Hüter der Hölle der anderen, die ihnen selbst als Kerkermeister dienten.

Die Passanten wirkten wie Kapos, mit gemeinen Gesichtern, die nur auf die richtige Gelegenheit warteten, um ihren puren Sadismus zu offenbaren. Die Feindseligkeit war deutlich spürbar; die einen hassten die anderen; man hatte ihnen so gründlich eingetrichtert, dass jeder sich selbst der Nächste ist. Familien zerrissen sich; Bruder und Schwester zu sein bedeutete nichts mehr; die Kinder hatte ihre Freunde lieber als ihre Cousins – die bloße Idee der Familie war schon verdächtig. In den Bussen hingen kleine Plakate, die dazu aufforderten, bitte höflich mit dem Chauffeur zu reden.

Es gab keine Revolte, keinen Eklat: Es war Paul einfach unmöglich geworden, ein T-Shirt mit der Aufschrift »Kann ich Ihnen helfen« anzuziehen, ein glänzendes kleines Schild anzustecken, sich der Außenwelt, der sauren Luft und den feindseligen Straßen zu stellen, in einen quietschenden Vorortzug zu steigen, die Gerüche nach Pisse und Schweiß darin zu ertragen, die Gespräche der Fahrgäste über sich ergehen zu lassen, das zu grelle Licht ihrer Handys abzukriegen, sie zu beobachten, wie sie darauf Kreuzworträtsel lösten, die alle zehn Sekunden von aufpoppenden pornografischen Reklamen überblendet wurden. Er verspürte keinerlei Schuldgefühle. Er war ersetzbar; die Demut machte ihn frei: Keine Maschine würde durch seine Abwesenheit zum Stillstand kommen, keine Lieferkette würde abreißen. Man würde ihn nicht über sein Ego manipulieren können.

Paul hatte nicht vor, einen Psychologen aufzusuchen. Es handelte sich keineswegs um eine psychische Entgleisung, um einen Wahn; er hatte ganz im Gegenteil begriffen, dass die

Intelligenz von ihm verlangte, eine andere Bahn einzuschlagen. Er hatte seinen Eltern nichts vorzuwerfen. Er hatte eine schöne, liebevolle Kindheit gehabt; er war auf einer Insel der Zärtlichkeit groß geworden. Er hatte nicht vor, jemanden dafür zu bezahlen, dass er ihm mildernde Umstände zubilligte; er beging kein Verbrechen, das man ihm verzeihen müsste; es gab nichts, wofür er sich zu rechtfertigen hätte.

Er sehnte sich danach, nichts zu tun, dem Vorüberziehen der Zeit nachzuspüren, Gedichte zu lesen, in kleinen Schlucken seinen Kaffee zu trinken, in seinem eigenen Rhythmus zu gehen, ohne ständig auf die Uhr zu schauen, seinen Geist zurückzuerobern, der von Programmen, Kenn- und Passwörtern verseucht war. Seine Sprache vom Schmutz der Floskeln und der leeren Worte zu reinigen, damit das Sprechen wieder einen Sinn bekam. Er brauchte keinen Seelenklempner, der ihm helfen würde zu vergraben, was ihm nicht gefiel, um *glücklich* wieder zur Arbeit oder auf die Jagd nach einer Stelle an der Uni zu gehen. Nein, er hatte nicht promoviert, um sich vor einer Horde hämischer Abiturienten allein zu fühlen oder stapelweise Hausarbeiten von Analphabeten im dritten Studienjahr zu korrigieren. Er wollte überhaupt nichts mehr. Das war alles andere als dramatisch.

Die Jahre waren in einem unharmonischen Reigen von aufreibenden Jobs, halbherzigen Liebschaften, schlaflosen Abenden auf dem Sofa und abgebrochenen Lektüren vergangen; sein dreißigster Geburtstag hatte ihn hinterrücks überfallen wie ein Verräter. Er durchlebte bis zum Erbrechen die immer gleiche Geschichte mit jungen Frauen, die von Weitem schön wirkten und die ihm immer weniger schmeichelten, mit denen ihm immer schneller der Gesprächsstoff ausging. Er verließ sie ohne Bauchschmerzen; sie sägten ihn ohne jeden

Takt ab; manche machten sich nicht einmal die Mühe, ihm Bescheid zu sagen, seine Anrufe verhallten, seine Nachrichten verpufften reaktionslos und die Türen blieben verschlossen, das war genug der Antwort.

Er wusste, dass seine Zeitgenossen sich schnell eine Meinung bildeten, um nicht weiter denken zu müssen, und er war es müde, seinen Auftritt zu pflegen, auf den Klang seiner Stimme zu achten, einen guten ersten Eindruck zu machen, seine Tränen zu verbergen, um niemanden zu beunruhigen, nicht zu laut zu lachen, um nicht als oberflächlicher Hallodri wahrgenommen zu werden, sich nicht über Politik zu äußern, darauf zu achten, niemanden zu beleidigen, der eine Spur zu empfindsam war, die wunden Punkte ungehobelter Trampel zu schonen, die ihrerseits nie irgendwelche Rücksichten nahmen. Paul hatte nichts anderes erwartet als ein einfaches, fröhliches Leben, ein Haus, groß genug, um vorbeikommende Freunde zu empfangen, ein paar Bücher, eine interessante und hübsche Frau, die gut altern würde, von der Sorte, die sich mühelos unterhält und schweigsame Männer schätzt, lebhafte und neugierige, gesunde Kinder, die Dinosaurier lieben würden; doch die Welt, wie sie geworden war, erlaubte es nur noch, komplizierte und dröge Leben zu führen. Die Welt war derart verdorben, dass es eine Erlösung war, sich ihr zu entziehen.

Als er das Umland mit seinen weiten, vom Herbst bis zum Sommer nackten, stillen, steinwüstenartigen Feldern durchstreifte, hatte er die Idee aufgegeben, sich *nicht zu weit von Paris entfernt* niederzulassen. Er hatte geradlinig angelegte Städte gesehen, schmutzig, hässlich, von Kücheneinrichtern und Autohändlern besiedelt. Die scheußlichen Ortsränder waren von riesigen Reklametafeln geprägt, die in die Gärten der Einfamilienhaussiedlungen und der Autowaschanlagen gepflanzt waren. Er hatte in Shoppingcentern gearbeitet, die ihren kurz vor dem Nervenzusammenbruch stehenden Kunden Spielbereiche zur Verfügung stellten, wo sie ihre Kinder loswerden konnten. Es war eine Welt von Hedonisten, die keine echten Freuden kannten, besessen von der praktischen Seite der Dinge und bereit, für einen Parkplatz die letzte Wiesenblume zu opfern.

Er musste die Freude wiederfinden. Also rappelte Paul sich eines Morgens auf, wand sich mit einem Schwung, der ihm eine Klage entriss, aus den Federn und schleppte sich in den Gang, der ihm wie ein Krankenhausflur vorkam. Schwach wie er war, hangelte er sich vor Angst zusammenzubrechen an der Wand entlang. Er kam sich vor wie ein Greis, der versucht, aus dem Hospiz zu fliehen. Jetzt ging es darum, so viel Distanz wie möglich zwischen diesen Fetzen Frankreich und sich selbst zu bringen. Er erreichte ein massives Tischchen mit einer dicken Holzplatte, deren weiße Farbe abblätterte und ein großes Schachbrettmuster bildete. Das war sein erstes Ziel. Auf diesem Tisch lag eine Michelin-Karte, die zerriss, als er sie entfaltete. Sein Vater hatte sie im Lauf ihrer Familienausflüge mit zahllosen Kreuzchen versehen.

Am meisten waren sie im südöstlichen Viertel des Landes unterwegs gewesen. Seine Erinnerungen führten ihn an eine vulgäre, überfüllte Côte d'Azur; er sah Strände voller Quallen und Plastiktüten vor sich, mit als Ein-Mann-Orchester verkleideten Gebäckverkäufern, glänzenden, dickbäuchigen Männern, die Beachball spielten und auf sein Handtuch tappten, um ihren Ball zu erwischen. Aber ein Fingerglied höher auf der Karte zog er die Umrisse von Landstrichen nach, an die er sich voller Ergriffenheit erinnerte, leere, sonnige, abgeschiedene Ecken, die nur darauf warteten, dass junge Leute und Familien dorthin zurückkehrten. Er konnte nicht mehr warten. Wenn er noch länger wartete, drohte er draufzugehen.

Paul ging zu seinen Eltern in die Küche hinunter. Er hätte ihnen alles erzählen können. Er befand sich in einer völlig neuen Position. *Ich ziehe in die Ardèche.*

14

Nach der Panik kommt die Fassungslosigkeit. Sabrinas erste klare Erinnerung ist die an die Station Goncourt, in die weder zerzauste noch verschwitzte Leute gleichmäßigen Schrittes hinuntersteigen. Überzeugt, dass die Polizisten, die sie durchgelassen haben, hinter ihr her sind, ist sie mit gesenktem Kopf in die Metrogänge hinuntergestürzt, dann hat sie sich dicht hinter einem Typen, der sie nicht beachtete, durch ein Drehkreuz gemogelt. Sie fühlt sich für das, was geschehen ist, verantwortlich – die Mauern aller Häuser ihres Viertels haben ihren Zorn aufgesogen und schließlich explodieren lassen. Sie steigt in Châtelet aus. Das Gewühl des Stadtzentrums wird sie unsichtbar machen wie eine Tarnkappe.

Sie vernimmt hier keinerlei Echo dessen, was im Osten der Stadt vor sich geht, nicht den geringsten Ausläufer einer Stoßwelle. Sie fühlt sich auf den Gehwegen nicht in Sicherheit, wo Einräder, Roller, elektrische Laufräder, Monowheels, Rollschuhe, Inlineskates und Skateboards unterwegs sind. Die Fahrräder mit den dünnen Alurahmen sind durch wuchtige, motorisierte Räder ersetzt worden, auf die man sperrige Holzkästen montiert, um Passagiere darin zu transportieren. Diese Gefährte können, wenn ihr Motor entdrosselt ist, genauso schnell werden wie Autos und haben schon Todesfälle verursacht – weswegen ein Führerschein eingeführt worden ist, um sie steuern zu dürfen, dazu Kennzeichen und Versicherungspflicht. Leuten wie Sabrina bleibt nichts anderes übrig, als zu Fuß zu gehen oder schwarzzufahren, seit die Monatskarte über 100 Euro kostet.

Wie gewöhnlich beobachtet sie auf ihrem Weg die Menschen, mit denen sie die Stadt teilt. In den Straßen hier schwirrt der Name des jungen Brunet nicht durch die Luft. Man hört keine Polizeisirenen. Die Überwachungskameras haben die Spatzen ersetzt. Sabrina betrachtet mit einer Spur von Neid die entspannten, lärmenden Städter, die rudelweise auf die Bistros zusteuern. Die Frauen verwandeln das, was früher schlechter Geschmack war, in einen neuen guten Geschmack im Retrostil; die Männer tragen einen ironischen Schnurrbart. Anders als in der Gegend, wo ihre Eltern wohnen, gehört es zum guten Ton, mit den Geschlechtercodes zu spielen und auf Androgynie zu setzen. Man kleidet sich vorwiegend in Latzhosen, Jeans, Cord und Wax. Je mehr diese Leute in ihren Jobs am Informatiktropf hängen, desto mehr verkleiden sie sich als Arbeiter. Einige tragen makellose Blaumänner; andere bitten ihre Schneiderin, ihnen Arbeitskittel zu nähen. Die Männer tragen Seemannsmützen, die nicht über die Ohren reichen.

Diese Leute kaufen nur in ultraspezialisierten Geschäften ein; Läden für Düfte, für gekeimte Körner, für pflanzliche Proteine, für gehäkelte Babykleidung. Paris hat einen Boom dieser hochpreisigen kleinen Geschäfte erlebt, die in den Köpfen das Gegenbild der chaotisch sortierten und auf gut Glück dekorierten kleinen Lebensmittelläden um die Ecke darstellen. Dieser Geist weht von Seattle bis Krakau durch die Metropolen der Welt. Sie weiß, dass die Leute, die sie aus dem Augenwinkel beobachtet, in sündteuren Kaninchenställen wohnen, in denen man nicht einmal kochen kann. Sie weiß, dass sie nicht wirklich zu beneiden sind, zwischen Willfährigkeit und Depression sind sie genauso allein und von Algorithmen abhängig, um eine Nummer zu schieben, und bei der Vorstellung einer ehrlichen Unterhaltung kauern sie sich in Embryostellung zusammen.

Sie ziehen ihr Kind anders groß als sie. Sobald der Schwangerschaftstest positiv ist, denken sie mit dem größten Ernst an abwegige Dinge wie: musikalische Früherziehung des Säuglings, Babymassage, Wassergymnastik für die Kleinsten, Biowindeln, Feng-Shui-Kinderzimmer, Nachtlicht ohne Strom, Bakterienbekämpfung, Walnussöl; jeder Euro, den sie ausgeben, ist ein Identitätsmarker. Sie versuchen sich durch jede Alltagshandlung zu behaupten, zu profilieren; sie machen ihre Besorgungen mit einem Einkaufsnetz, das sie bei ihrer Großmutter gefunden haben, oder lösen demonstrativ Kreuzworträtsel, während sie auf den Bus warten, mit ihren kabellosen Kopfhörern in den Ohren. Die Frauen lassen sich die Unterarme mit Motiven verzieren, die an traditionelle Hennamuster erinnern. Die Männer setzen auf falsche Ganoventattoos oder Figuren aus der Popkultur.

Sie sind von der Intelligenz besessen. Sie wollen alles über die Funktionsweisen des Gehirns wissen und vergöttern die Maschinen. Sie reden in Statistiken. Sie reduzieren die Intelligenz auf die neuronalen Verknüpfungen; die Dinge des Herzens sind ihnen unbekannt. Sie lachen nicht mehr über die Religionen, denn die bloße Idee von Gott ist ihnen fremd geworden. Sie reisen, um zu reisen; wenn sie von ihren Touren erzählen, sagen sie, sie waren »auf Achse«. Sie erwähnen ferne Städte, die sie so oft besucht haben, dass sie dort ihre kleinen Gewohnheiten haben. Sie reden ohne jede Wärme oder Scham von ihren sexuellen Vorlieben. Sie beleidigen Sabrinas Schamgefühl. Sie beleidigen ihr ganzes Leben. Und sie sind die Gewinner.

Sie haben bei der Reform des Arbeitslosengelds zugeschaut, ohne mit der Wimper zu zucken, dann dabei, wie die Ärmsten ins Bordell geschickt wurden – im Namen des Fortschritts; sie haben ein Gähnen unterdrückt, als die letzten Fabriken geschlossen wurden. Für sie war der junge Brunet im falschen Moment am falschen Ort – oder er hätte eben sein erstes Studienjahr erfolgreich abschließen müssen. Sie behaupten, sie seien um die Zukunft der Erde besorgt, wobei sie immer erklären, ihr Kind habe ihnen die Augen geöffnet, doch als die französischen Wälder an die chinesischen Spekulanten verkauft wurden, haben sie keinen Finger gerührt. Sie sind durch nichts bedroht – deshalb wählen sie die Mazurka. Sie wissen theoretisch, mit ihrem kalten Verstand, der ihnen so wichtig ist, was das Herz und das Fleisch der anderen peinigt. Enzo Brunets Schicksal lässt sie nicht erschauern.

Sie winkt ein Taxi heran. Sie kann nicht länger draußen bleiben. Der Verkehr ist flüssig; das Radio spuckt diverse Nachrichten aus, die von einem Pol zum anderen springen, Paris kommt nur am Rande vor. Sie zweifelt heftig an dem, was sie erlebt hat. Xavier begrüßt sie mit einem erstickten Liebeswort, hochrotem Gesicht und verstopften Nebenhöhlen. Sie hat ihm so sehr gefehlt. Warum hat sie seit drei Stunden auf keinen seiner Anrufe geantwortet? Das 19. Arrondissement ist bis auf Weiteres abgesperrt; der Verkehr auf dem Autobahnring ist blockiert. Man kann nicht einkaufen gehen, und die noch in den Schulen befindlichen Kinder werden von der Polizei nach Hause gebracht, unter der Bedingung, dass die Eltern nicht verdächtigt werden, an den Unruhen am Morgen beteiligt gewesen zu sein. *Und die Kinder der Leute, die dabei waren?* Darüber wurde nichts mitgeteilt.

Im Fernsehen werden vor allem die materiellen Schäden betont. Eine kleine Gipsstatue, mittelmäßige Kopie eines im Louvre ausgestellten Werks auf einem mit Graffiti bedeckten Sockel in einem kleinen Park, ist zerschlagen worden, und die Moderatorin bekommt angesichts dieses Mordes an der Zivilisation Schnappatmung. Gleichzeitig beweist ein mit einem Handy aufgenommenes Video, dass es ein Schuss der Polizei war, der das dem Herzen der Mazurkisten so teure kleine Kunstwerk zerstört hat. Die Informationen, die über die offiziellen Kanäle ausgeschüttet werden, werden von den Bürgern systematisch widerlegt, unterstützt von den unabhängigen Medien, Online-Magazinen mit ein paar tausend Followern, geschrieben von den zehn Fingern ihrer Gründer und mangels Finanzen keinem Fingerglied mehr.

Am Telefon berichtet Sabrinas Mutter von ähnlichen Ereignissen in Meaux; eine junge Frau, die ein Porträt von Enzo Brunet an die Rathaustür hängen wollte, ist von Wachmännern zu Boden geworfen und festgehalten worden, bis die Polizei kam. Die Frau wurde mehrere Minuten lang mit dem Gesicht auf die Erde gedrückt, und das Porträt des jungen Toten wurde vor den versammelten Schaulustigen mit großen, theatralischen Gesten zerrissen. Die Polizei ist eingetroffen und hat die Frau zu einem Fahrzeug gebracht, das mit Wurfgeschossen angegriffen wurde. Es kam zu Krawallen. Mehr kann sie dazu nicht sagen. Es ist alles so schnell gegangen; sie hat das alles im Pausenraum gesehen, in unscharfen, wackelig gefilmten Videos. Xavier weiß nicht, was er dazu sagen soll. Sabrina ergeht sich wieder einmal in Spekulationen, um zu versuchen, die Umrisse seiner Gedanken zu erfassen. Der Tod durch Selbstverbrennung kann ihn doch nicht vollkommen gleichgültig lassen, und sei es nur deshalb, weil es schmutzig ist. Kann es sein, dass er nicht begreift, was das alles bedeutet? Möglich. Er wäre in der Lage, von der Geste schockiert zu sein, aber angesichts der wütenden Demonstrationen einer Masse, die es nicht mehr erträgt, auf so unmenschliche Weise verwaltet zu werden, nur Ratlosigkeit zu empfinden.

Sabrina und er haben oft über die Enge des Lebens geredet. Sie beklagte dabei, dass Mütter immer nach materiellen, quantifizierbaren Kriterien beurteilt werden, worauf er antwortete, in Beziehungsdingen würden die Männer unter der gleichen Besessenheit leiden: wie viele Liebeserklärungen, wie viele Geschenke, wie viele Orgasmen. Dann nahm das Gespräch immer den gleichen Lauf, er erinnerte sie daran, dass sein Beruf darin bestand, Statistiken zu produzieren und zu verkaufen, um die Risiken der Existenz noch besser vorhersehen zu können, bis das menschliche Leben in eine kleine Kiste passte. Woraufhin er ein kaltes kleines Lachen ausstieß, das eine Sekunde verlegenen Schweigens nach sich zog.

Die Nachrichten plätschern im Lauf der Stunden weiter vor sich hin. Von der Place des Fêtes ist nicht mehr die Rede, ebenso wenig von Meaux, und keine Erwähnung von Grenoble, wo sich am Vormittag ebenfalls Guerillaszenen abgespielt haben. Fernsehen und Internet zeigen zwei widerstreitende Welten. Xavier backt Crêpes und pfeift dabei vor sich hin, während Sabrina sich durch nichtamtliche Videos aus den wichtigsten Städten des Landes scrollt. Unten vor dem Haus werden dickwanstige Marionetten geviertteilt, während die Menge die Namen der Peiniger von Enzo Brunet ruft. Schlachtrufe werden laut.

Ein paar Minuten später wird eine wohlfrisierte Sprecherin eine Meldung der Agence France Presse verlesen, die erklärt, dass es sich bei dem Toten von heute Vormittag um Vincent Pereira handelt, einen zweiunddreißigjährigen jungen Ingenieur. Es wird eingeräumt, dass er vor den Augen seiner Frau von der Polizei zu Tode geprügelt worden ist.

15

Pauls Stimme war nach der Überwinterung matt; als sie aus seiner Kehle aufstieg, vibrierte es in seinen Schläfen. Seine Mutter nahm seinen Kopf zwischen die Hände und gab ihm einen Kuss auf die Stirn. Vater und Sohn brachen auf. Sie fuhren quer durchs Land, als wäre das eine lästige Pflicht, machten nur kurze Pausen auf Autobahnraststätten, die sie deprimierten; die Natur hinter den Autofenstern sah aus wie das Aquarell eines nicht sehr begabten Amateurs.

Sie kamen in Privas an, setzten sich gerührt unter eine Laube, um ein Couscous zu essen; es war Sommer, alles wirkte unschuldig. Sie nahmen sich ein kleines Zimmer in einer Pension. Sie redeten vor allem über die zu erwerbende Immobilie. Mit seinen Zahlen und Tabellen, seinen Bankprospekten und seinen Zinsspalten fühlte sich der Vater nützlicher denn je, und jeden Morgen nach dem ersten Schluck Kaffee war er es, der sich durch die grauen Seiten der regionalen Presse blätterte, um die zum Verkauf stehenden Häuser zu sichten. Es gab viele uninteressante Angebote, zu teuer für eine Ruine, allein auf weiter Flur, von trostlosen Monokulturen umzingelt. Ockergelbe Bungalows mit Säulen, die nichts stützten, von Gipslöwen bewacht. Kästen, die ihren armen Käufern die Schlinge um den Hals legten, mit Wasser vollgesogene, moosbewachsene Mauern, die bei jedem Schauer weiter litten – Behausungen, die nur dafür gedacht waren, gekauft zu werden, nicht weiterzuvererbende Einweghäuser, die man den kleinen Leuten als Lebensziel verkauft hatte, als Garantie eines gesicherten Ruhestands. Von Weitem sichtbare Lügen. Ein materialisierter Betrug. Vom Wind hierhin und dorthin verstreutes Leben.

»Was wirst du hier tun?«, hatte der Vater schließlich gefragt. Die Ecke war trocken und arm; ihre Funktion schien darin zu bestehen, den berühmten Schluchten der Gegend, in denen es vor Touristen wimmelte, als Hinterhof zu dienen. Paul hatte im Sinn, auf den Bauernhöfen ringsum seine Arbeitskraft anzubieten, er wollte jobben, mit so wenig wie möglich auskommen. Er wollte lesen. Wenn es darum ging, sporadisch zu arbeiten, um seine Rechnungen zu bezahlen, war ihm die Art seines Tagwerks egal, wenn es nur würdig und sinnvoll war. Seine Ersparnisse und das vorzeitige Erbe, das seine Alten ihm mit Freuden gewährt hatten, befreiten ihn für immer von der Fessel der Miete. Er würde ein Häuschen renovieren, sich seine Klause einrichten, die Einheimischen kennenlernen, lesen, sich eine zerzauste kleine Wilde, die ihre Herde hütete, anlachen und vielleicht ein Kind mit ihr zeugen, sie sattbekommen, aber sie wäre die Richtige: diejenige, mit der er trotz der Langeweile zusammenbleiben würde. Er würde wieder einmal Lagerarbeiten machen, oder landwirtschaftliche Hilfsarbeiten, Umzüge; er war auch bereit, einen richtigen Beruf zu erlernen. *Ich werde mit meinen Händen arbeiten; ich werde lesen; ich werde mir Zeit nehmen.* Und der Vater sah ihn an, als würde er nichts begreifen. Eine Woche nach ihrer Ankunft fand Paul seine Hütte.

Sie mussten dazu nach Le Cheylard hinauffahren, ein großes Kaff in einem gottverlassenen Landstrich, das alle Nachteile der Pampa und der Stadt in sich vereinte, dann weiter bis nach Dornas, ein langgestrecktes Dorf am Rande einer Landstraße, ein vergessenes Nest am Ufer der Dorne: Häuser, deren Türschwelle direkt auf die Straße hinausging, Bruchbuden mit verblichenen Reklameaufschriften, die nur noch der Efeu am Zusammenstürzen hinderte und die diskret und verschämt, wie man eine Decke über einen Toten zieht, zum Verkauf angeboten wurden, moosbewachsene, schattige, steinige Ufer, kein einziger Laden; nur eine Ansammlung alter, grauer Gebäude in einem schmalen Graben zwischen den Hügeln. Sie fuhren weiter bis zum Weiler Molines. Die Straße war kurvig und düster; man musste durch Hektare von umgestürzten, geborstenen oder wie Kornähren umgemähten Bäumen hindurch; die rötliche Erde hinterließ einen Geschmack von Eisen im Mund. Das Auto nahm die ganze Breite der Fahrbahn ein; ein entgegenkommendes Fahrzeug hätte ein Patt bedeutet.

Am Ziel angekommen, atmete er auf: Von oben war das Baummassengrab nicht erkennbar; er sah nur noch ein üppig bewaldetes Tal. Er hörte das Lied des von den Menschen befreiten Lebens; in den von Vipern bewohnten Mäuerchen zischelte es. Der Eigentümer erschien und streckte ihnen eine trockene, schrundige Hand entgegen, die sich unangenehm anfühlte. Es war ein alter Mann, der sicher älter wirkte, als er es war, denn seine Kinder waren kaum jünger als Paul und erst seit Kurzem mit ihrer Ausbildung fertig. Sie hatten sich entschieden, in Lyon und Valence zu bleiben, um unter Decken aus großen Styroporplatten, neben in Tonkugeln wachsenden Grünpflanzen Massenmails zu versenden, die sie aus Bequemlichkeit stets mit »besten Grüßen« beschlossen. Sie unterhielten sich. Paul mochte das Haus, es war in schlechtem Zustand, noch von guten Geistern bewohnt, und verfügte über eine etwas schief zusammengeschusterte Veranda, unter der die Frösche an Regentagen ihren Spaß haben würden. Der

Gesang der Feldschwirle lud dazu ein, sich diskret zu verhalten, um das Konzert zu genießen.

Nach einem erneuten Händedruck brachen sie wieder auf; für Paul fühlte es sich an, als würde er bereits von zu Hause wegfahren. Der Vater mochte das Haus nicht. Zu viele Renovierungsarbeiten, ganz abgesehen von der schwierigen Anfahrt und der Entfernung bis zum nächsten Baumarkt. »Wer macht denn die Entscheidung für ein Haus für ein ganzes Leben von der Nähe zu einem Laden abhängig, der nur für ein paar Wochen Renovierungsarbeiten gebraucht wird?« Sie unterschrieben die nötigen Papiere bei einem Notar, der wie ein Notar aussah. Als der kleine Schlüsselbund mit zartem Geklingel in seine hohle Hand fiel, spürte Paul einen elektrischen Schauer seine Wirbelsäule hinablaufen.

Paul und sein Vater renovierten das Haus, bis ein kalter Wind zu wehen begann. An den Wochenenden, wenn sein Vater wie ein Emissär nach Paris zurückfuhr, blieb Paul allein. Er schlief in einem Schlafsack auf dem Holzboden, der so von Insekten durchlöchert war, dass er einer Drehorgelpapierrolle glich. Dann waren die Bauarbeiten zu Ende: Die Fugen waren hingepfuscht, das Vordach leckte; Paul würde regelmäßig Wasser im Haus haben. Er schwor sich, für immer hier zu bleiben, und wenn er verhungern sollte. Monsieur Boniteau reiste ab und ließ seinen jüngsten Sohn in dieser nicht einmal exotischen Pampa, wie er fand, allein zurück. In die nächste Stadt zu fahren konnte über eine Stunde dauern; die steinigen, schmalen, maroden Straßen, die endlose Serpentinen bildeten, isolierten alle Dörfer. Paul entdeckte die Abgeschiedenheit. Er hatte die undankbare nördliche Ardèche gewählt, waldig und feucht. Er kannte keine Ungeduld mehr.

Hier ohne Auto zu leben bedeutete den Tod: zunächst psychisch, dann körperlich; ein Los, das nur von einem vollen Tank abhing. Jede Schwankung der Benzinpreise schlug sich im Inhalt der Teller nieder; die Familien heizten nicht mehr, und die Winter waren streng. Die Landstraße am Fuß des kleinen Berges zu erreichen bedeutete eine zwanzigminütige Zitterpartie. In den ersten Wochen trieb nur der Hunger Paul aus dem Haus; er hatte regelmäßig Alpträume, in denen sein Auto in den Abgrund stürzte; sein Körper zerschellte auf den Felsen im eiskalten grünlichen Fluss.

Aber er hielt durch. Ein der griechischen Mythologie würdiger Sturm riss einen Teil des Dachs davon. Dieser Winter war fürchterlich; es wurde berichtet, dass in der Gegend ein knappes Dutzend alte Leute an Unterkühlung gestorben waren. Die Stromkosten explodierten. Das Auto gab den Geist auf. Paul versuchte zwar, über die Runden zu kommen, indem er Fallen stellte und sich die Kartoffeln einteilte, die er gelagert hatte, doch ohne einen Heller konnte er weder das Dach ausbessern noch ein neues Fahrzeug kaufen oder der Unterkühlung entrinnen. Sein Anspruch, als Waldmensch für den Großen Zusammenbruch gerüstet zu sein, schmolz dahin wie Erspartes in Inflationszeiten.

Unter Schmerzen rang er sich zum Angestelltendasein durch. Das einzige annehmbare Angebot war eine Metzgerlehre in Le Cheylard, wo es etwas Arbeit gab und folglich erstaunliche Pendlerbewegungen zu beobachten waren. Der Mann, der mit der Personalbeschaffung betraut war, ein rotgesichtiger Tropf, aufgeblasenes kleines Würstchen, karrieregeiler Ehrgeizling in einer als Sackgasse geltenden Gegend, verzog das Gesicht, als er Paul mit seinem Lebenslauf aufkreuzen sah, der die Sorbonne-Vergangenheit verschwieg; mehrere Jahre Zeitarbeit in der Pariser Region waren schon suspekt genug.

Paul entschuldigte sich fast, als er sich beim Leiter der Fleisch-und-Fisch-Abteilung vorstellte, einem etwa vierzigjährigen Mann, der zwanzig Jahre älter wirkte und dem das Verlangen, seine Autorität zu beweisen, durch den Hemdkragen sickerte. Eine Art Supermarkt-Machiavelli, ein verschlagener Kerl, der leicht zu durchschauen war, sich aber selbst als Ass der Manipulation sehen wollte. Paul bewarb sich nicht, er rechtfertigte sich. Die Rede, die er vorbereitet hatte, trug er vor wie ein Mea Culpa: Er würde hart arbeiten und nie zu spät kommen; im Gegenteil, er würde jeden Tag vor allen anderen am Arbeitsplatz sein; er sei ein Perfektionist, habe ein dickes Fell und scheue weder Zeit und Mühe; nichts mache ihn glücklicher als das Gefühl, seine Pflicht zu erfüllen. Wenn er einen Fehler habe, dann gewiss den, alles richtig machen zu wollen.

Sicher, er würde mehr Geld kosten als ein junger Bursche, dafür wäre seine Ausbildungszeit kürzer; er mochte die Beziehung zum Kunden, er wollte mit seinen Händen arbeiten und einen Beruf erlernen; und darüber hinaus schätzte er nichts mehr als Teamarbeit. Er improvisierte und führte seine eigene Person vor wie ein Küchenmaschinenverkäufer seine Ware auf dem Markt; seine Vorstellung klang wie geschmiert, aber es gab etwas, das jeden argwöhnisch gemacht hätte, der nicht ganz auf den Kopf gefallen war: eine offenkundige Intelligenz, die versuchte, sich kleinzumachen, ein Vokabular, das zu präzise war, um ehrlich zu sein, und nicht der geringste Akzent. Er trug markenlose Kleidung in guter Qualität, die verriet, wo er herkam: aus dem Frankreich, das keine Angst vor der nächsten Abbuchung hat, das nicht angibt, dem es nie an Selbstvertrauen mangelt.

Glücklich, bald einem Pariser Befehle erteilen zu können, stellte der kleine Supermarkt-Kapo Paul ein. Und so wurde Paul Metzger.

16

Paul und Aurélien verließen das behagliche Heim der Boniteaus frühmorgens. Sie befolgten die Anweisungen und ließen alles zurück, was es erlauben würde, sie zu identifizieren. In einem kleinen Laden, in dem alles auf Bengali beschriftet war, fanden sie das Nötige, um ihr Gesicht zu bemalen. Dann machten sie sich auf den Weg zu den Champs-Élysées, ein zweistündiger Spaziergang mit gesenktem Kopf und Maske über der Nase. Sie kamen an der Freiheitsstatue auf der Île aux Cygnes vorbei, der man ein breites Pappschild mit folgender Aufschrift umgehängt hatte:

Franzosen
Überwacht
Abgezockt
Gedemütigt
Getötet
Lebendig verbrannt

Auf dem Sockel stand in blutroten Lettern geschrieben:
Ihr werdet geboren, um euren arbeitenden Eltern weggenommen zu werden. Ihr werdet lernen, der Wirtschaft zu dienen und euch nicht zu beklagen. Ihr werdet keine Kinder bekommen. Ihr werdet allein bei der Arbeit verrecken und ein Kehrwagen wird euch entsorgen.

Die Pont de l'Alma wird von der Armee bewacht. Die Champs-Élysées sind abgeriegelt. Aurélien blickt zu Boden und zieht Paul am Ärmel. Sie haben keine andere Wahl, als umzukehren. Auf dem Rückweg kommen sie wieder an der Dame mit der Fackel vorbei, deren Füße von patrouillierenden Polizisten mit schwarzer Farbe übermalt worden sind. Die Welt scheint nur so zu wimmeln von Ordnungshütern und Bürgern mit milizartigem Auftreten, bereit zuzuschlagen, ohne dafür bezahlt zu werden.

Sie werden nie genug Männer haben, um die Stadt in Schach zu halten, wenn ganz Paris aufwacht, meint Aurélien.

Dafür schlafen manche Stadtteile viel zu gut, entgegnet ihm sein Kumpan verdrossen.

Wahrscheinlich. Die Vorstädte werden die Sache in die Hand nehmen, die Provinz ebenso. Aber Paris kann nicht mit der Polizei und der Armee fertigwerden, vor allem, wenn die den Auftrag haben, die Lage um jeden Preis im Griff zu behalten. Was bedeuten schon ein paar aufgespießte oder überfahrene Franzosen, kein großer Verlust.

Auf den Champs-Élysées sind aus einem geschlossenen, biologischen Impuls heraus siebenhunderttausend Menschen zusammengekommen. Die *Marseillaise* erklingt, dem Atem eines Kolosses gleich. Die dichtgedrängte, aus verschiedenen Klans zusammengesetzte Masse vereint sich, indem sie im Chor die Namen Brunet und Pereira ruft. Die dunklen Farben der Kleider fügen sich in die Kulisse ein, ein Aquarell in Grautönen, durchzogen vom Braun der nackten Bäume. Wurfgeschosse fliegen gegen die riesigen Schaufenster der Luxusgeschäfte, die niemand plündert. Die Angestellten werden von ihren Arbeitsplätzen ausgeschleust und bekommen dunkle Kleidung oder Decken angeboten, um ihre Hanswurstkostüme vor den Blicken zu verbergen. Überwachungskameras werden mit Farbe besprayt; überall werden Feuer angezündet, in die versehentlich mitgeführte Handys und Ausweispapiere geworfen werden. Taxifahrer melden sich freiwillig, um Verletzte zu transportieren; Motorroller werden zu mehreren hochgehoben, um Bankautomaten einzurammen; das Geld wird gerecht unter den Umstehenden aufgeteilt. Polizisten, die die Seitenstraßen bewachen, verkleiden sich unauffällig als Durchschnittsbürger, um sich in die dichte Menge einzuschleusen.

Das Bild von Enzo Brunet wird unter Applaus über der Flamme des Unbekannten Soldaten hochgehalten. Eine kleine Frau in engen schwarzen Klamotten stellt sich mit dem Porträt von Vincent Pereira dazu. In theatralischer Trauer streckt sie die Arme langsam hoch und dreht sich leicht nach allen Seiten, damit der Tote die Menge sieht, die auch für ihn versammelt ist. Die Seitenstraßen der vollsten Avenue der Welt sind abgeriegelt. Der Dilettantismus verwandelt sich in Wut. Die Schreie, die den Rücktritt der Regierung fordern, werden immer lauter. Von oben, aus Hubschraubersicht, wirkt die Menge wie ein Bienenschwarm. In den Ohren pfeift es, Nebelhörner erklingen. Die Augen tränen von den Dämpfen, die in der Luft hängen.

In einer präzisen Choreografie positioniert sich ein Regiment von Hubschraubern ein paar Dutzend Meter über dem Boden; die Soldaten an Bord richten ihre Waffen auf die Menge und schießen. Die Wut steigert sich; die Panik hält sich in Grenzen. Demonstranten, die mit medizinischem Material gekommen sind, springen als Sanitäter ein; es befindet sich kein einziger französischer Journalist vor Ort. Der wichtigste Fernsehsender strahlt Werbung aus. In den Rinnsteinen und über den Asphalt fließt Blut; Blut läuft über die Scherben der Schaufenster. Diejenigen, die daran gedacht haben, nicht mit dem Internet verbundene Aufnahmegeräte mitzubringen, verewigen das Gemetzel. Die Körper am Boden sind in verkrümmten, stolzen Haltungen erstarrt. Die Schreie der Frauen erklingen heller als die anderen. Verletzte Männer kriechen über den Boden.

Eine Hundertschaft Elitesoldaten mit Kamera auf dem Helm wird auf dem Arc de Triomphe abgesetzt und seilt sich ab. Die unter dem Denkmal versammelten Menschen werden eingekesselt und zu Boden geworfen. Vor ihnen legt einer der vermummten Soldaten einen riesigen Deckel auf die Flamme des Unbekannten Soldaten, die vor ihren blutüberströmten Augen erlischt. Man hört das Krachen von Knochen und die Schreie einer vergewaltigten Frau. Die Präsidentin wohnt dem Schauspiel vom Kommandoposten Jupiter im Bunker des Élysée-Palastes aus bei.

Die Zeit zerreißt in schwärende Fetzen.

17

Auf allen Bildschirmen und aus allen öffentlichen Lautsprechern erklingt die *Ode an die Freude*. Die Ansprache der Präsidentin wird in die Geschichte eingehen. Es ist zwanzig Uhr.

Liebe Mitbürgerinnen, liebe Mitbürger,
Französinnen und Franzosen,

Frankreich ist auf seinem Staatsgebiet heute mit der größten faschistischen Bedrohung seit 1934 konfrontiert. Ein Zusammenschluss von rechtsextremen und linksextremen Splittergruppen, der keine anderen Forderungen, keine anderen Ziele hat, als die Ordnung und die Sicherheit unseres Landes und unserer Regierung umzustürzen, hat einen Staatsstreich versucht, der die Republik hat erzittern lassen. Diese Männer und Frauen haben die Champs-Élysées gestürmt und auf barbarischste Weise randaliert, geplündert, vergewaltigt und gewütet.
Aber die Republik ist stark. Großzügig gegenüber den Schwachen, vermag sie gegenüber ihren Gegnern, gegenüber denen, die Frankreich in die dunkelsten Stunden seiner Geschichte zurückversetzen wollen, Härte zu zeigen. Denen, die Frankreich in Zeiten der Angst, des Rassismus, des Antisemitismus, der Homophobie, des Hasses auf den Anderen stürzen wollen, rufen wir entgegen: Wir werden alles daransetzen, euch auszulöschen. Sie werden erbarmungslos verurteilt werden; sie werden das Sorgerecht für ihre Kinder verlieren; sie werden zu einer Mindeststrafe von dreißig Jahren Haft verurteilt werden. Was die

Rädelsführer betrifft, so veranlasst uns der Ausnahmecharakter der Situation dazu, die Verfassung zu ändern und die Lebensendstrafe wieder einzuführen. Die Verantwortung, die auf unseren Schultern lastet, gebietet uns, keine Schwäche zu zeigen, keine Rechtfertigungen zu suchen für diejenigen, die das Land in Brand setzen wollen und es wagen, dafür das Gedächtnis der Toten zu missbrauchen. Unser Auftrag besteht darin, Sie und Ihre Familien zu beschützen.

Um des Friedens willen rufe ich das Kriegsrecht aus. Bis auf Weiteres unterstehen alle Französinnen und Franzosen sowie alle auf unserem Boden befindlichen Ausländerinnen und Ausländer den Befehlen der Frauen und Männer der Armee. Die Europäische Union hat beschlossen, uns Verstärkung zu schicken. Ich zähle auf die Kooperation aller, damit diese heikle, sensible Phase sich gleich einer Klammer wieder schließt, bevor der Frühling wiederkehrt. Französinnen, Franzosen: Denken Sie an den Frühling.

Damit unsere Straßen bald endgültig von jeglicher faschistischen Bedrohung gesäubert sind, fordere ich Sie auf, bis auf Weiteres zu Hause zu bleiben. Wer außerhalb seines Wohnsitzes angetroffen wird, wird von den Friedenshütern festgenommen werden. Der Download der offiziellen Tracking-App der Regierung ist ab sofort für alle verpflichtend. Zum Wohle aller Mitbürgerinnen und Mitbürger müssen Sie darin Ihre Adresse angeben und mehrmals am Tag und in der Nacht in der App Ihre Anwesenheit bestätigen. Während der Ausgangssperre bleibt es lediglich für Lebensmitteleinkäufe erlaubt, das Haus zu verlassen, im Umfang von einer Stunde ein- bis zweimal pro Woche, je nach Größe des Haushalts.

Wir behalten es uns vor, Zuwiderhandelnden im Namen des Rechts Wasser und Strom abzuschalten. Um die Gerichtsver-

fahren gegen die Staatsfeinde zu beschleunigen, werden wir zusätzliche Richter einstellen. Alle Männer und Frauen, die willens sind, Armee und Polizei zu unterstützen, sei es für einen ehrenamtlichen Einsatz oder durch die Übermittlung sensibler Informationen, laden wir dazu ein, sich freiwillig zu melden.

Bürgerinnen und Bürger Frankreichs und Europas, wir zählen auf Ihre staatsbürgerliche Pflichttreue und Ihre weltweit unübertroffene Solidarität, um die historische Herausforderung zu meistern, die faschistische Pest auf unserem Boden auszurotten. Es lebe die Republik, es lebe die Freiheit.

18

Erst beim dritten Versuch gelingt es Sabrina, Nicolas ans Telefon zu bekommen. Er ist völlig aus dem Häuschen. Er hat die Präsidentin schon immer geliebt, ihren Kurs, ihre Stimme, ihre Kraft, ihren Mut, ihre Zukunftsvision. Ihr Appell, dem Sirenengesang der Extreme nicht nachzugeben, hat ihn beinahe zu Tränen gerührt. Er bekommt schier keine Luft mehr. Sabrina hat Mühe, sich Gehör zu verschaffen. Die Panik rast durch ihre Adern.

Ich muss Lina abholen. Ich will sie während der Ausgangssperre bei mir haben.

Er antwortet ihr, Lina habe nicht die geringste Lust, die nächste Zeit in der Bruchbude ihrer Mutter eingesperrt zu sein. Es gehe ihr gut bei ihm, und er habe vor, sie in den nächsten Tagen per Videosprechstunde eine Psychologin sehen zu lassen, bis die Präsidentin und ihre Minister in dem großen Saustall, zu dem das Land geworden ist, aufgeräumt haben. Sie hört ihre Tochter im Hintergrund den letzten Superhit vor sich hin trällern, auf den sie in der letzten Zeit eine Choreografie einstudierte.

Du kannst mir meine Tochter nicht wegnehmen. Das kannst du nicht machen.

Als Antwort hört sie nur Stille. Nicolas ist zu der Kleinen hinübergegangen.

Ich werde dich umbringen! Du Arschloch, ich bring dich um! Niemand nimmt mir meine Tochter weg! Niemand nimmt mir meine Tochter weg!

Sie wirft sich gegen die Wand, bevor sie mit den Fäusten darauf einzudreschen beginnt, es wirkt wie ein panisches Flügelschlagen. Ihre Fingerknöchel platzen auf und färben die Tapete mit einer granatroten Flüssigkeit, deren Anblick sie noch mehr aufpeitscht. Sie will sich ausbluten lassen, aber es geht ihr nicht schnell genug. Der Rotz, der ihr aus der Nase läuft, durchnässt ihren Kragen; ihre Augen sind von einem grünlichen Sekret verklebt, das die Tränen wegspülen. Xavier hält sie sanft fest und steckt alle Schläge und Beschimpfungen ein, die sie ihm versetzt. Dann bricht sie erschöpft zusammen. Wie eine Figur aus einer Darstellung der Kreuzabnahme fängt er ihren leblosen Körper auf und trägt sie andächtig zu seinem Bett. Sabrina wird von Fieber ergriffen. Aus dem Nebel ihres Geistes tritt ein klarer Gedanke hervor: *Jetzt weiß ich, wer er ist.*

Xavier verlässt das Zimmer und macht dabei beruhigende »Schhh«-Laute, wie man sie an lärmende Kinder richtet; er kommt mit einer Gazebinde zurück: *Entschuldige, ich habe nur eine. Such dir die Hand aus, die ich verbinden soll.*

Sie lacht hell auf, wie ein kleines Mädchen, in ihren Augenwinkeln hängen noch zwei Tränen. Sie streckt ihm ihre rechte Hand entgegen und streichelt mit der anderen seine Wange. Er küsst die Hand, die ihn liebkost. Er sagt als Erster die erlösenden drei Worte. Die zwei letzten Tränen in ihren Augen lösen sich und fallen in seinen dunklen Schopf. Dann sagt er noch: *Ich werde alles tun, was es braucht, damit es dir gut geht.*

Sie ist so bewegt, dass ihr eingeschlafenes Herz schmerzhaft erwacht; es klopft heftig gegen ihre Rippen und verbrennt die letzten Spuren der Angst. Sie fragt ihn, ob es möglich wäre, Lina zu entführen, und muss dabei fast lachen. Er küsst erneut ihre Hand.

Jetzt wo die Guillotine oder der mit Ökostrom betriebene elektrische Stuhl wieder eingeführt sind, werde ich mich nicht an einem Kindesraub und dem Mord an seinem mazurkistischen Vater versuchen – zumal der wahrscheinlich gerade dabei ist, seine Nachbarn zu denunzieren.

Sabrina bittet ihn um sein Telefon, sie will ihre Mutter anrufen. Als ihr jedoch die von der Präsidentin erwähnte App wieder einfällt, schmeißt sie es an die Wand, genau dahin, wo die frischen Blutspuren prangen.

Wir werden sehen. Ich liebe dich auch.

19

Es kommt nicht in Frage, noch länger in dieser Kloake auszuharren. Die Rachsucht der Klasse, die sich auf den Champs-Élysées angegriffen gefühlt hat, sickert aus allen Wänden und Böden. Sie hatten nicht viel Gepäck dabei. Sie sind noch vor dem Ende der Rede gegangen, während die ganze Familie, einschließlich des Babys, andächtig der Präsidentin lauschte. Auf Zehenspitzen haben sie das Haus verlassen – ihr Aufbruch blieb in dieser Kriegserklärungsstimmung unbemerkt. Aurélien hält es nicht mehr aus: Er muss zurück zu seiner Frau und seiner Tochter. Paul macht sich innerlich Vorwürfe, den Menschen, den er am meisten liebt, mit hierher genommen zu haben. Er schaltet mit der Nervosität eines entlaufenen Sträflings in den zweiten Gang. Die Straßen von Sèvres sind noch leerer als sonst. Sie müssen nicht über den Autobahnring und reden sich ein, dass sie es schnell schaffen können, an der Armee vorbei, bevor die Drohungen der Mazurka wirksam werden.

Aber nach dem Leclerc-Supermarkt von Massy, wo die Landstraße in die Autobahn übergeht, werden sie von einer Straßensperre aufgehalten. Paul zögert eine Sekunde, sie zu durchbrechen. Aurélien sagt nur »Nein«. Sein Blick ist der gleiche wie damals angesichts von Philippes ausgerissenen Bäumen.

Nein. Wir sagen ihnen, dass wir nach Hause wollen, um während der Ausgangssperre dort zu sein. Wir widersetzen uns nicht.

Sie halten an. Männer, von denen man nicht weiß, ob sie Polizisten, Gendarmen oder Soldaten sind, legen ihnen Handschellen an und prüfen ihre Papiere. Als sie Auréliens biometrischen Personalausweis scannen, gibt der schwarze Kasten einen ominösen Ton von sich: Er ist als Gefährder gelistet. Sein Hals schwillt an; er wehrt sich. Er bekommt einen Schlag mit dem Gummiknüppel auf den Kopf und einen Elektroschock in den Bauch. Eine Frau, die mitnichten wie eine Polizistin aussieht, zieht eine Pistole hervor und zielt auf seinen Kopf. Das Abzeichen auf ihrer Brust weist sie als eine der ersten hundert Freiwilligen aus, die als Amateurbrigaden eingesetzt werden.

Da warst du wohl etwas übereifrig, Christiane. Was soll's.

Mit ihrer schleppenden Stimme antwortet Christiane: *Der andere darf nicht reden können.*

MEIN DANK gilt zuallererst meiner Agentin, Freundin und zuverlässigen Verbündeten, Maïa Hruska.

Dank an Jean-François Dauven, meinen Lektor.

Dank an Isabelle Saporta und allen im Haus Fayard.

Dank an meine Familie und meine Freunde für ihre Ermutigungen und ihr Vertrauen. Dank an Kevin für seine Geduld und alles andere.

Dank an Philippe Champeley, Alexandre Civico, Manon Frappa, Jean-Marie Laclavetine und an Maël, den engagierten, integren Grundschullehrer.

Dank an die Bauern, die mich empfangen haben.

Dank an meine Lehrer und Professoren.

DIE MOTTI werden zitiert aus:

Simone Weil, *Die Person und das Heilige* (1943), in: Reiner Wimmer, *Simone Weil. Person und Werk*, aus dem Französischen von Reiner Wimmer, S. 118, © 2009 Verlag Herder GmbH, Freiburg i. Br.

Georges Bernanos, *Wider die Roboter*, aus dem Französischen von Werner von Grünau, Verlag Gustav Kiepenheuer, Köln und Berlin 1949, S. 156.

Pier Paolo Pasolini, »Scritti corsari«, in: Ders., *Saggi sulla politica e sulla società*, Mondadori, Mailand 1999, S. 519.

Die Zeilen »Las cosas son iguales a las cosas / Aquello que non puede ser dicho, hay que callarlo.« stammen aus dem Gedicht *Cuaderno de hacer cuentas* (1974) von Ignacio Escobar Urdaneta de Brigad, in: Harold Alvarado Tenorio, *Ajuste de Cuentas. La poesía colombiana del siglo XX*, Agatha Editorial, Palma de Mallorca 2014, S. 491.